蔦屋の息子

耕書堂商売日誌

泉 ゆたか

PHP
文芸文庫

○本表紙デザイン＋ロゴ＝川上成夫

蔦屋の息子　耕書堂商売日誌　目次

第一章

1

「勇助《ゆうすけ》、今日からお前は俺の息子だ」

耳に入った言葉の意味が、勇助には少しも理解できなかった。

「へっ？　それはいったい……」

はてな、何の話をしているのだろう。間抜けな声で訊《き》き返す。

「お前はこの耕書堂《こうしょどう》の跡を継ぐ、蔦屋《つたや》の息子だ」

耕書堂の主人、蔦屋重三郎《じゅうざぶろう》がもう一度太い声で言った。

蔦屋は年の頃は三十をいくつか過ぎたくらいだ。なのに好々爺《こうこうや》のように何とも優しげな笑みを浮かべてみせる。

思わず釣られて頰《ほお》を緩めそうになってから、勇助はふいに気付いて身を強張《こわば》らせた。

ここは吉原《よしわら》入り口、五十間道《ごじっけんみち》と呼ばれる引手茶屋の並びに構えた店だ。

蔦屋のこの人懐こい笑みは、海千山千のやり手の商売人のそれに違いない。

そう思って改めて蔦屋の顔を見直せば、万年寝不足らしい落ち窪《くぼ》んだ眼が、そこだけ鋭い光を放って、勇助の一挙一動をじっと見つめていた。

背筋を冷たい汗が伝った。

「申し訳ございません。私には、何が何やらお話が見えず……」

勇助は引《ひ》き攣《つ》った笑いを浮かべる。

「親父さんのことは残念だった。だが今後のことは俺に任せておけ」

蔦屋は大きく息を吸って、勇助をまっすぐに見た。

「無論、他に行くところがあるならば、無理強《じ》いはしねえさ」

眼が、ぎろりと光る。

「い、いえ。他に行くところなぞ、どこにもありません」

勇助はつい一月ほど前に、急な病《やまい》で父を亡くしたばかりだ。

どうにかして身体の弱い母と妹を喰《く》わせていかなくてはいけない、と途方に暮れていたところで、父の旧知である耕書堂の蔦屋重三郎に声を掛けられた。この耕書堂に奉公に入れてもらうことを、頼みの綱と思って訪ねてきたのだ。

だがしかし、いきなり蔦屋の〝息子〟と呼ばれるなんて、それも耕書堂の跡を継ぐと断言されるなんて。

そんなことは想像もしていなかった。

「なら、話はついたな」

蔦屋が満足げに言った。

「……はい」

いったいどうしてこんなことに。

勇助は胸に広がる困惑の靄《もや》に、眉を顰《ひそ》めた。

2

今からほんの四半刻《とき》ほど前。

勇助はそぞろ歩きの人々の波を縫《ぬ》うようにして進んでいた。

吉原遊郭《ゆうかく》の入り口だ。見返り柳《やなぎ》を通り過ぎてすぐのところ。五十間道と呼ばれる引手茶屋の並ぶ通りの一角に、耕書堂という名の本屋があった。

冬の終わりの、まだ吉原仲之町《なかのちょう》にも桜は咲かない時季だ。風は冷たい。

目当ての店先に辿《たど》り着くと、暖簾《のれん》の隙間《すきま》から、表紙を上にして並べられた幾冊もの真新しい本が見えた。

──本屋だ。

幼い頃から馴染《なじ》み深いその言葉を、勇助は胸の中で唱えた。

この耕書堂の主人である蔦屋重三郎は、まさに今のお江戸の流れに乗った商売人だった。

蔦屋は十年ほど前に、この地で貸本《かしほん》と小売りの本屋の商売を始めた。

しばらくの間は、兄の蔦屋次郎兵衛《じろべえ》の営む引手茶屋の店先を間借りして、吉原一帯を縄張りに貸本屋を営んでいたという。

幼い頃から吉原という地に通じた強みを存分に生かし、遊女の評判を集めた『一目千本《ひとめせんぼん》』や『吉原細見《よしわらさいけん》』を手がけたところ、それが当たった。数年前からは、作家や画家に依頼をして一から本を作る版元業も始めたらしい。

無名の物書きに書かせたという体《てい》を取りながら、倹約のために蔦屋自身が店に足を運び、すべての原稿を書いたと噂の『吉原細見』は、お江戸じゅうで大いに評判となった。

噂によれば、蔦屋は、近いうちにお江戸の大版元ばかりが集まる日本橋通《にほんばしとおり》油町《あぶらちょう》に店を構えてみせると豪語しているとか。

そんな景気の良い話が乱れ飛ぶ蔦屋の耕書堂が目指すのは、おそらくお江戸一の版元だ。

その大仰《おおぎょう》な目論見《もくろみ》を抱く生業《なりわい》に、〝本屋〟なんて呑気《のんき》な響きは、相応《ふさわ》しくないかもしれない。

けれど勇助にとっては、本を扱う店はどこも等しく〝本屋〟だ。

亡くなった父も、己《おのれ》の貸本屋、名月堂《めいげつどう》の商売のことを言うときはいつだって〝本屋〟だった。本を客に貸す商売をしているからといって、わざわざ〝貸本屋〟なんて面倒くさい呼び方はしたことがない。

そういえば父は蔦屋のことを、「あいつはとことん本屋らしくねえ本屋だよ」といかにも情の籠《こも》った口調で言っていた。

本屋らしくない本屋とはいったいどんなものなのか。

おそらくこれから耕書堂で働くことになる勇助にとって、きっとあれは大事な話だった。

普段は寡黙《かもく》だったが、本に関わることだけには饒舌《じょうぜつ》になる父だ。どうせいつか語って聞かせてくれるだろうと思って、気にも留めていなかったのが悔やまれた。

「ごめんください。名月堂から参りました」

勇助は少し迷ってから、店先で声を掛けた。

今の自分は、一応、まだ雇われの身ではない。

ここの主人である蔦屋重三郎から招かれてやってきた、商売相手の名月堂の息子だ。

だが父の葬式の場でいきなり、

「勇助だな？　親父さんから、お前の先行きを頼まれていた。身の回りの片付けが済んだら、耕書堂へ来い」

なんて頼もしい口調で言われれば、この蔦屋は残された家族のため、長子の勇助を奉公人として雇ってくれるつもりなのだと見当がつく。

そんなことをつらつらと考えながら、ひとまず暖簾を潜《くぐ》りかけると、

「おっと、裏に回っておくんなさいな。本には陽の光が大敵だよ」

店先ではたきを手にしていた丸髷《まるまげ》姿の女に、ぴしゃりと言われた。年の頃は二十代半ばというところか。愛嬌《あいきょう》のある狸顔の別嬪《べっぴん》だ。

——おっかさん。

一目見たときに、胸の内でそんなふうにあだ名をつけてしまいたくなった。

どこもかしこも丸い顔立ちなのに頼りがいがある、少しも刺々しいところなしにはっきりものを言えてしまう雰囲気の女だ。

勇助自身の母の、病がちで今にも消えてしまいそうな弱々しい姿とは真逆の〝お

っかさん〟だ。

「あんた、名月堂さんのところの子だね。名は確か勇助……」

女はしばし勇助の顔をしげしげと見つめた。

「はい、そうです」

「年は、十九だったかい？」

「ええ」

女はまるで勇助の顔から誰かの面影を探そうとするように、目を細めた。

「私の顔に何か……？」

勇助が頰を撫でつつ訊くと、女がはっとしたように「いやだ、ぼんやりしちまったよ」と人の好《よ》さそうな《な》笑みを浮かべる。

「さあさあ、うちの人——旦那さんが奥でお待ちかねだよ」

「蔦屋さんのお内儀《ないぎ》さんでしたか。このたびは、ありがとうございます。今後ともどうぞよろしくお願いいたします」

勇助は深々と頭を下げた。

「私はふみ、っていうんだよ。お文のふみさ。本屋の生まれで、本屋に嫁いで、その名が文だなんてね。親はうまいこと考えてつけたつもりだろうけれど、ややこしくて仕方ないよ。私のことは、おかみさん、って呼んどくれ」

――本屋の生まれで本屋に嫁いだ。

お文の口から流れ出す〝本屋〟という言葉に、慣れ親しんだ響きを感じた。

「はい、おかみさん。どうぞよろしくお願い申し上げます」

これから一生懸命に励みます、何卒よろしくお願いいたします――という決まり文句が浮かんだが、さすがにその台詞《せりふ》は、まだ雇ってもらえると決まったわけではないのだからと、思い直した。

――けれど、俺は後がないんだ。何がなんでもここで働かせてもらわなくちゃいけない。

勇助は胸の内で呟《つぶや》いて、少しでも賢そうに見えるようにと背筋をしゃんと伸ばした。

亡くなった父は不器用な人だった。

本屋という己の仕事が好きでたまらないことは、息子の勇助にも存分に伝わっていた。けれど商売人としては、お世辞にも腕が良いとはいえなかった。

家計は苦しく、すぐに人に騙された。金策に駆け回っていた母は、常に眉間に深い皺《しわ》を寄せていた。

本を貸してわずかな貸し賃を取る、なんて儲《もう》けの少ない商売だというのに、少しも金に頓着《とんじゃく》せずに家族に苦労をかけ、そのくせそれなりに満足げに暮らしている父の姿は勝手に見えた。

勇助はそんな父に少しも憧れなかった。むしろ父のようにはなりたくないと思った。

――勇助、これは良い本だぞ。見事だ！　早速、お江戸じゅうの本好きに知らせてやらなくちゃいけねえや！

時折、父が本を手に、そんなふうに目を輝かせて話しかけてくると、わざと「ああ、そうですか」と冷たく応じた。

日々の暮らしをうまく運ぶことには関心がなく、物語の幻《まぼろし》を何より好む父の姿に、苛立《いらだ》ちさえ覚えた。

――俺は、親父みたいにはならない。おっかさんと妹のおとしの暮らしを支えて、少しでも先行きの不安のない暮らしを手に入れるんだ。

借金の返済のため、父が命と同じくらい大事にしていた名月堂を畳むと決めたそのときから、それが勇助の新たな夢となった。

力のある商売人、蔦屋重三郎の下で奉公人として働けば、自分で商売をするよりもずっと楽に生きることができるに違いない。

奉公人連中から頭一つ抜き出てここの番頭《ばんとう》になりたい、なんて助平心《すけべいごころ》を出さなければ、涙を絞るような苦しい思いをする羽目《はめ》にもならないだろう。

幸い幼いうちから家業を手伝ってきたおかげで、本のことならば人よりも慣れ親しんでいる自信がある。勇助が、ここ耕書堂に奉公に入るのは渡りに船の話だった。

「はいはい、こちらこそどうぞよろしくお願いいたしますよ。あっ、お前さん。ちょうどよかった。名月堂さんところの子が来ているよ」

店の奥から男が出てきた。この店の主人、蔦屋重三郎だ。

痩《や》せた顔に鋭い目。鷹《たか》のような横顔だ。

青梅縞《おうめじま》の羽織《はおり》姿の、いかにもやり手の商売人らしい装いをしている。

まずは目をぎろりと動かしてから次に顔を向ける姿、妙に腰が据わった身のこなしにはどこか玄人《くろうと》らしさが漂う。

「勇助、よく来たな」

蔦屋は睨《にら》むように鋭い目で、じっと勇助を見据えた。

「ど、どうぞよろしくお願い申し上げます」

その目の鋭さに気圧《けお》された勇助は、視線を泳がせながら言った。

蔦屋は勇助の顔色を喰い入るように見つめてから、ふいにぷつんと糸が切れたように、何とも満足そうな顔でにっこりと笑った。

「勇助、今日からお前は俺の息子だ」

3

吉原の他の店と同じように、耕書堂の店開きは遅い。

朝の小鳥の鳴き声もとっくに消え、お天道《てんとう》さまがじゅうぶん高く昇った巳時《みのとき》（午前十時）頃から、五人ほどいる耕書堂の手代《てだい》たちは貸本を背負って、あちらの遊郭、こちらの茶屋と得意先を回る。

本の貸し賃は、刊行したばかりの評判の本でさえ二十文ほどで、かけそば一杯の値とさほど変わらない。

しかし吉原大門《おおもん》の内側は、お江戸じゅうの通好み、そしてそんな客を相手にする遊女たちが集まる場だ。

客の数はそこらの町中の貸本屋とは桁《けた》違いだ。奉公人たちが背負ったうんと大きな荷は、日が傾く頃にはほとんどすべてなくなってしまう。

貸本の仕事と同じくして、耕書堂の店内では、主人の蔦屋が彫師《ほりし》や摺師《すりし》を呼びつけて見本を手に打ち合わせをしたり、問屋《とんや》仲間と新しい板の吟味《ぎんみ》の算段をしたりと、休む間もなく忙しく駆け回っていた。

「おっと、勇助。あんたはこっちへおいで」

お文に手招きされたとき、勇助はちょうど丁稚《でっち》たちと、店先の掃除を終えたところだった。三人いる丁稚のうち二人は年の頃十五くらいで、一人はまだ十ほどの少年だ。

丁稚たちの何事かという怪訝《けげん》そうな視線を浴びながら、勇助は前に出た。

「旦那さんが、あんたは帳場でこれを書いておけってさ」

まっさらな帳面を渡された。

「これは何ですか？」

「商売の日記だよ。あんたがこの耕書堂で目にしたことを、毎日、書き記しておくれ。楽しい思い出でも嫌な出来事の告げ口でも、どんなことでも構わないさ。あんたの目から見たこの耕書堂の一日を、旦那さんに知らせておくれ」

店の隅を片付けながら横目でこちらを窺《うかが》っていた年長の丁稚の一人が、はっと息を呑んだとわかった。

「どうして私が……」

ここへ入ったばかりの勇助には、あまりに荷が重い仕事だ。

「そりゃ、あんたが蔦屋の息子だからさ」

お文が当たり前の顔で言った。

このご時世、商売をしている家が養子を貰うのは少しも珍しいことではない。だが勇助とお文は、一見したところ十も年が違うわけではなさそうなので、お文が勇助を可愛い我が子と思うにはもちろん無理がある。

「そのことですが、やはり私には、何が何やら……」

「私に言われたってわからないさ。あの人が決めたことだからね」

ぴしゃりと遮《さえぎ》られる。

「さあ、確かによろしく頼んだよ」

お文が早足で廊下を去って行く足音を聞きながら、勇助は真っ白な帳面を睨んだ。

——楽しい思い出でも、嫌な出来事の告げ口でも。

ここで仕事を始めたばかりの勇助には、この耕書堂のことなぞろくに見えるはずもない。

何を書いたら良いのかまったくわからず、しばらく呆然《ぼうぜん》としていたら、かさりと衣擦《きぬず》れの音が聞こえた。

はっとして音がしたほうへ顔を向けると、誰かが物陰に慌てて身を隠したのがわかった。

きっと丁稚のうちの一人だろう。

――怠けていると思われたかもしれないな。

頭の中は忙しくあれこれ考えていた。しかし傍から見れば、ただぼうっとしているように見えてもおかしくない。

慌てて筆を手にした。

ほんの刹那《せつな》、どこともわからないところに目を向ける。小さく頷《うなず》いた。

何も書かれていない白い紙に向き合った。

（吉原の他の店と同じように、耕書堂の店開きは遅い。朝の小鳥の鳴き声もとっくに消え、お天道さまがじゅうぶん高く昇った巳時頃から――）

手を止めた。

俺はいったい何を書いているんだ。

己の字を、乱暴に塗りつぶした。

心ノ臓が嫌な拍動《はくどう》を刻んでいた。

大きく息を吸って、吐く。

(巳の刻。手代五名。それぞれ新刊三冊、旧刊八冊を背負い仲之町へ)

角ばった字を書く。

——よし。これで良い。きっと蔦屋が求めている耕書堂の日記というのは、こういうものだ。

いつの間にか額に滲《にじ》んでいた汗を拭った。

「ひひっ」

物陰から押し殺すような笑い声が聞こえた。

顔を上げると、二人の丁稚が、柱から半分顔を出してにやけながらこちらを見ていた。

「やあ、兄さん方。仕事を離れてすみません。これを書き終えたら戻りますので……」

年下ではあってもここでは兄さんだ。二人の様子に不穏なものを感じていないはずはなかった。しかし新入りの身では、そう言う他にない。

勇助は身が強張るのを感じつつも、深々と頭を下げた。

ぽつん。

雨だれのような何かが着物の肩に当たった。

顔を上げてそちらを見ると、小指の爪の半分ほどの大きさの尖《とが》った砂利粒《じゃりつぶ》だ。

どうしてこんなものが、ここに飛んできたのだろう。

勇助は怪訝な心持ちで、それをしげしげと眺《なが》めた。

目の前でいかにも可笑《おか》しそうなにやけ笑いを浮かべる丁稚たちと、小さな砂利粒。その二つのものが繋《つな》がっているとは、すぐには認められない己がいた。

「何か……？」

勇助は丁稚たちに顔を向けた。

途端に、嫌らしい笑顔と、砂利粒。二つのものを繋ぐ他人の悪意が、じわりじわりと胸に迫ってきた。

息が浅く、頬が熱くなった。

己は何も悪いことはしていないのに、相手の顔をまっすぐに見ることができない。

「勇助！」

廊下の奥から、鋭い声が響いた。

途端に丁稚たちが慌てた様子で、蜘蛛《くも》の子を散らすように駆け出す。

「勇助、ここか。すぐに支度《したく》をしろ。出かけるぞ」

蔦屋の大声は、その場の淀《よど》んだ気配を消し去るようだった。

「はいっ！　どちらへ？」

思わず、新入りの奉公人の分際で余計なことを聞いてしまった。額をぴしゃりと叩きたくなる。

蔦屋がどこへ行くつもりだろうが、勇助は従《つ》いてゆくまでだ。

「どちらへ、だって？　お前がそれを知ってどうする？」

蔦屋が眉を顰めた。

鋭い鷹の目が勇助を射る。

「すみません。口が滑《すべ》りました。名月堂では、いつも出掛ける父にこうして『どちらへ？』と声を掛けていたものでして」

勇助は慌てて詫《わ》びた。

読みかけの本を手にふらりと表へ出て行こうとする父に、勇助が「おとっつぁん、どちらへ？」と声を掛けても、いつも父は心ここにあらずの様子で振り返りもしなかった。

勇助の口から、父、と聞いて蔦屋の顔つきが僅《わず》かに和《やわ》らいだ。

「知りたいというなら教えてやろう。これから作家のところへ行く」

――作家。

勇助は密かに息を呑んだ。

作家とは言うまでもなく、物語を書く仕事をする者だ。小さな町の貸本屋だった名月堂では、商品である本を書いた作家のところに出入りする機会はなかった。

大評判のあの本を書いたとある作家は、とんでもない酒豪《しゅごう》で、毎晩酒を五合飲み、気を失いながら本を書く。あちらの作家はお江戸一の色男で、これまでに三度、別の女と心中《しんじゅう》をしかけた。

作家と呼ばれる者は、誰しもそんな出所もわからない噂話に塗《まみ》れた怪人として、皆の興味の的だった。

「承知いたしました」

どこか声が華やぎそうなところを、勇助はぐっと押さえた。

「清めの塩を忘れちゃいけねえ。おい、お文、持たせてやってくれ」

蔦屋はお文にそう言って、にやりと笑った。

4

「勇助、お前は、こんな話を知っているか？」

蔦屋は呑気な口調で話しかけてくるが、異様な早足だ。前から歩いてくる人々が今にもぶつかりそうなところで次々にかわし、川面《かわも》のあめんぼうのようにすいすい進む。

勇助はそれを、息を切らせて追いかける。

「へ、へいっ」

「目黒不動《めぐろふどう》の門前、粟餅屋《あわもちや》でひとりの若者が……」

「『金々先生栄花夢《きんきんせんせいえいがのゆめ》』のことでしょうか？」

弾かれたように答えると、蔦屋がぎくりとした顔で足を止めた。土埃《つちぼこり》が舞う。

「なぜわかった？」

蔦屋の目が、怪訝そうに鈍く光る。

「目黒不動の粟餅屋で昼寝をする、田舎生まれの若者の物語は、そう多くはありません」

『金々先生栄花夢』は、立身出世を目指して田舎を捨て、ひとりお江戸にやってきた若者、金村屋金兵衛の物語だ。

ひょんなことから大金持ちの養子になった金兵衛は、これで夢が叶ったと遊び惚《ほう》け、金目当ての者に集《たか》られ、いつしか莫大な金子《きんす》を使い果たしてしまう。

身も心も落ちぶれた金兵衛が惨《みじ》めな姿になった己を嘆くと、ふいに目が覚める。金兵衛は粟餅ができるまでの間、昼寝をして夢を見ていたのだ。

すべてが夢のように儚《はかな》いものと知った金兵衛は、田舎に戻ってまっとうに働き生きることを目指すようになる。

かつては子供向けの〝草双紙《くさぞうし》〟と呼ばれていた軽い読み物が、〝黄表紙《きびょうし》〟と名付けられて大人も楽しめるようになったきっかけである、大評判の作品だ。

名月堂に一冊だけ入ってきたその本を、常連客の皆が取り合うようにして読み耽《ふけ》った。

「俺は、そこまで詳しく筋を話していないぞ」

「そうでしたか？」

蔦屋が勇助をまじまじと見る。先ほどのぎらついた光が和らぎ、どこか気味悪そうな目にも思えた。

「……まあ良い」

蔦屋が再び早足で歩き出した。

「今日、俺たちが向かうのは、その『金々先生栄花夢』の作者──」

「恋川春町《こいかわはるまち》先生でいらっしゃいましたか！」

──いけない。

また主人の話に割って入ってしまった。

「ああ、その通りだ。しかし何だ、その〝先生〟という奇妙な呼び方は」

蔦屋は少しも怒っていないようだ。

「父、そして名月堂のお客さんは、なぜか昔から作家を〝先生〟と呼ぶのです」

──やあ、いらっしゃい。恋川春町先生の新しい本を読んだかい？

──大田南畝《おおたなんぽ》先生はここんところ、筆が荒いんじゃねえかい。

──朋誠堂喜三二《ほうせいどうきさんじ》先生の次はまだかい？　楽しみでたまらねえや。

最初に聞いたときは、巷《ちまた》で評判の別嬪娘を〝姫〟と呼ぶようなもので、皆で揃《そろ》って茶化しているのかと思った。

だがどうやら、父とその周囲の客たちは本気で作家を〝先生〟と敬《うやま》っていたようだ。

店先で勇助が淡々と作家の名を呼びつけにすると、客たちが「〝先生〟に失礼だぜ？」と臍《へそ》を曲げるので、いつの間にかこの呼び方が癖になってしまった。

「物書きは師匠ではないぞ」

「私もそう思います」

「親父さんはいったい何を考えていたんだ？」

「さっぱりわかりません」

「そうか、ならばこれ以上はお前に聞いても仕方がないな」

蔦屋は案外すんなり引き下がった。

大通りをしばらく歩き、幾度か脇道に入った。木戸を潜ると薄暗い裏長屋が現れる。

「おうい、春町さんよ」

ひとつの部屋の前で、蔦屋が声を張り上げた。

「草稿はどんな感じだい？」

蔦屋が勝手に戸を開けた。

中から呟き込むような香《こう》の強い香りが漂う。

現れたのは女の衣を身に纏《まと》い、唇に真っ赤な紅を塗りたくった大柄な男だった。

――これが恋川春町先生。

人が思いつかないような物語を書く人だ。常人と違うものを持つ人だとは思っていた。だがこれではまるで……。

勇助は驚きと落胆に、呆然と目を見開く。

「……ばあ」

その珍妙な男は、赤ん坊をあやす「いないいないばあ」の口調でそう言っておどけてみせた。

直後に蔦屋の背後の勇助に気付いて「きゃあ！」と猿のように甲高《かんだか》い悲鳴を上げる。

蔦屋は少しも動じずに「いやあ、春町さん、思った以上にいい女っぷりだねえ」と目尻を下げて笑ってから、勇助のことを「こいつは、うちの養子の勇助だよ」と拾ってきた犬の子のように雑に紹介した。

「勇助？」

春町が怪訝そうな顔をする。

「ああ、その通り。勇助さ。ところで、あんたが病に侵《おか》された貧しく美しい女になって暮らしてみたい、ってその試みを始めてから、そろそろ五日になるねえ。どんな様子だい？」

「……見てのとおりさ」

　春町が悲痛な表情で両手を広げてみせた。

「気が済んだってことだね。そりゃあよかった」

　蔦屋がぽんと手を叩いた。

「蔦重《つたじゅう》、あんたには世話になりっぱなしさ。けれど、ここまで良くしてもらっておいて、草稿の一枚も書けちゃいない己が悔しくてね。もういっそこの身を大川《おおかわ》に……」

「飛び込むなんて、そんなこたあいつだってできるだろう？　老いさらばえて耄碌《もうろく》してから、好きにやってくれよ。俺は今このとき、あんたの天賦《てんぷ》の才を、大川の底に沈めちまうわけにはいかねえんだ」

　蔦屋が急に強い物言いをした。

「天賦の才？　私にそんなものはないさ」

　春町がちらりと蔦屋の顔を窺う。

「あんたに才がないってんなら、お江戸じゅうの作家はみんな首を括《くく》らなくちゃならんねえさ」

「持ち上げてくれるなよ」

「うるせえ、春町さんよ。俺はあんたに惚《ほ》れているんだ！」

蔦屋が、女の着物を着た春町のごつい両肩をむんずと摑《つか》んだ。

——えっ？

勇助は急に芝居がかった調子で春町の顔を覗《のぞ》き込む蔦屋を、呆気《あっけ》に取られて見つめた。

蔦屋はその言葉どおり、まるで惚れた女を見るような潤《うる》んだ目をしている。

「あんたの才は、俺のもんさ。この俺のために、その艶やかな姿を思う存分見せつけてくれよ！」

「……私の、艶やかな、姿」

春町が裏声で呟くと、髭《ひげ》の跡に白粉《おしろい》を塗りたくった頰を染めた。

5

「きちんと塩を振っておけよ。作家って奴らは毒を吐くからな。気付かずに家に持ち帰ったら、だんだん毒が回って寝込んじまう羽目になるぜ」

帰り道、蔦屋はお文に用意してもらった巾着袋《きんちゃくぶくろ》から塩を一摑み取って、着物にざっと振りかけた。

勇助に巾着袋を手渡す。

「……毒、ですか？」

勇助は恐る恐る塩を摘まむ。

己の身に申し訳程度に塩を振りかけると、蔦屋は「そんなんじゃ駄目だ」と巾着袋を引っ手繰《ひたく》り、「鬼は外！」と豆まきでもするかのように塩を投げつけた。

「よし、これでいい。これでさっぱりだ」

蔦屋は満足そうに言って早足で歩き出した。

勇助も慌ててそれに従う。

「作家に会ったのは初めてか？」

「ええ。初めてです」

「親父さんの知り合いには、作家はいなかったのか？」

「名月堂は小さい店でしたから」

勇助は早足で進む己の足元を見つめて言った。

「人を通じて関わる機会なら、いくらでもあっただろう」

「そういえばそうですね。ですが父は、なぜか決して作家には会いたがりませんでした。作家の噂話もあまり好きではなかったようで、常連客が作家の人となりみたいな噂話で盛り上がっていると、決まって聞こえていないような顔をしていました」

今日、勇助が目にした恋川春町は、客の噂で聞いていたどんな作家の姿よりも、さらに強烈な人物だった。

「親父さんの気持ちがわかる気がするぜ。きっと親父さんは、よほど本が好きだったんだろうな。血が湧き立つようなあの素敵な物語を書いたのが、あんな頭のおかしいじじいだって知ったら、夢も希望もありゃしねえ」

蔦屋がわざと意地悪い顔で笑った。

「春町先生は、いつも……あんな調子なのでしょうか？」

勇助は遠まわしに訊いた。

「書いていないときは、概《おおむ》ねいつも〝あんな調子〟だな。今日の姿は、最近じゃまだまともなほうさ。己の筆が動き出すまでは、ああしてあれこれ突飛《とっぴ》なことを試みては、『ああ、もうすべておしまいだ』なんてめそめそ泣いてばかりいやがる」

「書いていないときは、ですか？　では書いているときは……」

蔦屋がにやりと笑った。

「筆が動き出した春町ってのは、面白いぜ。いきなりこの浮世からさっぱり消えちまう。幾日も飲まず喰わずでろくに眠りもせず、とんでもねえ速さで筆を運び、ほんの数日で一冊の本を書き上げちまうのさ」

「へえ……」

勇助の胸に、あの珍妙な恰好に気味の悪い化粧をした春町が、目を血走らせて筆を運んでいる姿が浮かぶ。空恐ろしさを感じる鬼気迫る光景だ。

「俺の仕事は、役者を舞台へ上げるみたいに春町をその場へ連れ出すことさ。嫌だ、書きたくないって逃げ回っている作家のその頬をぶっ叩いて、身体を押さえつけてふん縛《じば》って、筆を持たせて机に向かわせるんだ」

蔦屋が誰かをぶん殴るように拳《こぶし》を振り回してみせたので、勇助は思わず笑った。

「なぜ書きたくないのでしょうか。作家なのに、物語を書きたくないなんて道理に合いませんね」

八百屋が野菜を売りたくない、貸本屋が本を貸したくない、なんて言い出したらそんなのは笑い話だ。いったい作家は、それらの仕事とどう違うというのだろう。

物書きというのは物語を書きたくてたまらない、書かずにはいられないから、作家になろうとしたのではないのだろうか。

「作家ってのは、書きたくねえもんって決まっているのさ。いくらでも書きたくてたまらねえなんて言っているのは、そんなもん物書きじゃねえさ」

蔦屋はふんっと鼻で笑った。

6

勇助にとっては驚くことばかりの一日だったが、清めの塩のおかげなのか、床に入ってすぐに眠りに落ちた。

夢も見ずにぐっすりと寝入っていると、その穏やかな暗闇にいきなり稲妻が走った。

「わっ!」

大声で叫んで跳ね起きた。

数人が部屋から走り去る足音が聞こえた。

しばらく何が起きたのかわからなかった。

荒い息をしながら周囲を見回す。身体が冷たい。

己の身体に触れてみて、全身がずぶ濡れになっていると気付いた。水を被せられたのだ。

同じ部屋で眠っていたはずの丁稚仲間は、部屋の隅で身を寄せてこちらを窺っている。

しばらくの間を置いて、猛烈な寒さに襲われた。

冬の終わりの、まだまだ底冷えの厳しい真夜中だ。指先に痛みを覚えた。歯の根が合わないほどの酷《ひど》い震えが襲ってくる。

――誰だ？　誰がこんなことを？

心の中で声を上げるが、なぜかたまらなく恥ずかしくなって口には出せない。

勇助は大きく息を吐いた。

何も言わずに立ち上がる。着物から、額から水が落ちた。

丁稚の中に、まだ十を過ぎたばかりくらいの年少の者がいたと思い出す。その少年が、暗闇の中で零《こぼ》れ落ちそうに目を見開いて勇助の姿を見つめているのがわかった。

勇助は衝立《ついたて》の向こうで、着替えと身の回りのものを入れた風呂敷包みを探した。

しかし風呂敷包みは見つからない。

表に面した障子が、拳一つ分ほどの隙間で開いていた。

嫌な予感を感じながら表を見ると、奉公人が使う軒下の狭い通り道に、己の風呂敷包みの中身が散らばっていた。

勇助は、振り返って皆を見回した。

年嵩《としかさ》の二人が決まり悪そうに目を逸らす中で、あの少年だけがこちらをまっすぐに見ている。その純真な目が勇助には堪《こた》えた。

年少の者にとって、勇助の姿はきっと良い戒めだ。上の者の気に喰わないことをすれば、こんなふうに真夜中に濡れ鼠《ねずみ》にされて、持ち物を表にばら撒《ま》かれるという見せしめだ。

勇助は黙って表へ出た。

――どうしてこんな目に遭《あ》わなくてはいけないんだ。

散らばった物を拾い集めながら、勇助は胸の中で呟いた。

怒りや悔しさよりも、空《むな》しさと情けなさが胸に広がった。

こんなことをしたのは、きっと手代たちだ。新入りの勇助が主人からいきなり〝息子〟と呼ばれたことが気に喰わないに違いない。

もしも勇助が正式に蔦屋の養子に入ったという話ならば、奉公人には手も足も出せない。

しかし勇助の場合は、ただ蔦屋が思い付きのように「お前は蔦屋の息子だ」と口に出しただけだ。見習いの丁稚の部屋で眠り、同じく下働きをする。

確かに少々目にかけてもらっているようには見える。だが、まだまだ勇助のお手並み拝見の最中である、という蔦屋の本心が誰の目にも露骨《ろこつ》に伝わる。

つまり勇助は耕書堂で働く奉公人たちにとって、どう扱うのか面倒な、目障《めざわ》りで場を乱す、できればなるべく早くに追い払ってしまいたい人物に違いなかった。

――俺は、ただ先行きに不安のない暮らしを手に入れたいだけなのに。

耕書堂で出世したい、ましてや跡継ぎを狙おうなんて毛頭思っていなかった。

『金々先生栄花夢』の金兵衛の姿が思い浮かぶ。

粟餅屋で偶然知り合った金持ちに見初《みそ》められ、まんまと養子に納まってしまった金兵衛のことだ。

己では何も成し遂げていないのに、ただの幸運からあっさり金持ちの〝息子〟に納まってしまう金兵衛。あの物語を読みながら、これは苦い結末になるに違いないという確信を持った。そうでなくちゃ、読者は納得しないだろうと思った。

――旦那さんは、なんて面倒なことをしてくれたんだろう。

蔦屋が妙なことを言いさえしなければ、もっと目立たず大人しく、ここでうまくやれたかもしれないのに。

かき集めた持ち物を再び風呂敷包みに結び直し、立ち上がったそのとき。

背後から力いっぱい蹴り飛ばされた。

ふいを打たれて、勇助はその場に勢いよく倒れ込む。

「な、何を⁉」

「黙れ。声を出すんじゃねえぞ。助けを呼ぶなんて、みっともねえことしやしねえよな？」

低い声。手代頭の正蔵《しょうぞう》。ずんぐりむっくりした丸顔の男だった。

がつん、と音が響く。

頬を拳で殴られた。

さほど痛みを感じたわけではないのに、口の中に血の味が広がる。鼻血がだらりと垂れたとわかった。

勇助は慌てて両手で顔を庇《かば》う。

「調子に乗りやがって！　何が〝息子〟だ！」

「お前なんか死んじまえ！」

「ここから、出て行け！」

別の幾人もの押し殺した声が響き、背中に幾度も蹴りが入る。まるで川の濁流《だくりゅう》にのみ込まれたかのように、四方八方から拳が乱れ飛ぶ。

勇助の息が詰まった。

なぜ自分がそこまでの怒りを、憎しみをぶつけられなければならないのか、見当がつかなかった。

俺は、この仕事でただ日銭《ひぜに》を稼ぎたいだけなんだ、と叫びたくなる。

命じられた仕事をそつなくこなし、代わりにその仕事に応じた金子を貰う。稼いだ金子は大半を母と妹に送り、己は特に無駄遣いをするような楽しみも持たずに、日々喰って寝て働いての繰り返しでつつましく暮らす。

俺が求めるのはただそれだけのことだ。それなのに、なぜこの世はこんなに面倒なんだ。

敵とも味方とも何とも思っていない者に、なぜここまで嫌われ憎まれなくてはいけないのだ。

「うるさい野良猫だねえ。あっちへお行き！」

二階から鋭い声が飛んだ。お文の声だ。

手代たちが動きを止めた。

「しっ、しっ！　早く行かないと、水を撒くよ！」

手代たちは顔を見合わせた。

「にゃーご」

一人が猫の鳴きまねをすると、手代たちは目くばせをし合って一人また一人と立ち去っていった。

7

「勇助、手が空いたようだね。悪いけれどちょっと上を手伝っておくれ。運んで欲しいものがあるんだよ」

「はい、ただいま参ります」

次の朝、丁稚たちと共にいつもの掃除を終えた勇助は、お文に呼ばれて二階の部屋へ向かった。

顔を殴られたのは最初の一撃だけだったということもあり、腫《は》れはほとんど目立っていなかった。むしろ着物で隠れる部分の打ち身のほうが数段辛かったが、決して悟られないように普段以上にきびきびと動いた。

「何を運びましょうか」

がらんとした部屋を見回すと、お文が開口一番、長い睫《まつ》毛《げ》に囲まれた目でまっすぐに勇助を見て、

「昨日のあれは、誰の仕業だい？」

と問うた。

かっと顔が熱くなった。

「昨日のあれ、とは何でしょう」

声が上ずって、裏返った。

脇の下を汗が滴《したた》り落ちる。

昨夜、殴られている最中の心持ちなどの比ではない、耐えられないほどの息苦しさを感じた。

この場で消えてしまいたいほどの身が細る思い。誰の顔もまともに見ることができないような、いたたまれない思いだ。

「私があの場で止めに入ると、話がややこしくなるからね。親玉はきっと、ずんぐりむっくりの丸顔だね？　後で何をされたか旦那さんに日記で訴えるときのため

に、覚えておくといいよ」

昨夜は蔦屋は、吉原の妓楼《ぎろう》で商売相手の接待に出ていた。接待といえば聞こえはいいが、つまりは一晩帰らなかったということだ。

お文は昨日のことを、まだ誰にも話していないだろう。

「私は、何もされちゃいません」

勇助は首を横に振った。

「嘘をお言いよ。私は、あんたが散らばった風呂敷包みの中身を拾っているところを、上からちゃんと見ていたんだよ」

優しい口調でお文にそう言われて、ぎゅっと身が縮むような気がした。

お文の目に映った己の姿を思い浮かべる。

真夜中の暗闇の中、頭から水を被せられて寒さに震えながら、誰かにぶちまけられた持ち物を拾っている己の姿。

情けなく、みっともない姿だ。決して誰にも見られたくなかった姿だ。

「それは違います。おかみさんの見間違いです。野良猫の仕業でしょう。私は、風呂敷包みなぞ、何も……」

思いのほか強い声が出た。息が荒い。また汗が滴る。

「え？　だって、あれは……」

お文がきょとんとした顔をした。

「昨夜、私の身には何もありませんでした。野良猫の喧嘩《けんか》の音がうるさいなと思いつつ、朝までそのまま眠っておりました」

お文の目を見て、言い切った。

お文はしばらく困った顔をしてから、大きくため息をついた。

「それでいいってことなんだね？　私のほうから、旦那さんに話してやろうかと思っていたんだよ？」

お文が確かめるように言った。

「いいも何も、私が話したことがほんとうです」

勇助は早口で答えた。

「わかった。あんたがそこまで言うんなら、そうだろう。けれどね」

お文が慎重そうな顔つきで付け加えた。

「何があったときも、ないときも、日記は欠かさず書いておくれ。それが旦那さんとの約束だからね」

お文が勇助の顔を覗き込む。まるで母親が幼い子の胸の内を覗き込もうとするような仕草だ。

「もちろんです。日記を書くのは私の仕事ですから」

勇助は顔を背けて頷いた。

昨夜は何も起きなかった。耕書堂での勇助は、すべて万事うまくいっている。優しい兄さん分たちに恵まれて、仲間の丁稚たちと助け合い、日々生き生きと働いている。

勇助は、帳面の白い紙を思い出しながら、あそこに力強い字でそう書こうと胸に誓った。

8

その夜は、何をされるかわからないと存分に身構えて床についたつもりだった。

しかし何も起きずに朝になった。

拍子抜けしたような心持ちで身支度を終えると、

「お前ら、ちょいとこっちへ来い」

と低く厳《いか》めしい声が聞こえた。

奉公人の中では、ずんぐりむっくり丸顔――正蔵がいちばん偉い。

思ったとおり正蔵が、皆を従えて部屋の真ん中で仁王立ちになっていた。

「お前らに大事な話がある。この新入りの勇助は、俺たちのことを見張っていやがるんだ。旦那さんから帳面を渡されて、俺たちが怠けていないか、ちっちゃな誤魔化しをやらかしていねえか、って二六時中見張っているのさ。何しろこいつは〝蔦屋の息子〟だからな」

正蔵の言葉に、皆が不安げに顔を見合わせた。

――そう来たか。

勇助は息を浅くした。

日記を書いているのはその通りだ。しかしまだ耕書堂の奉公人たちの顔と名前もろくに覚えていないというのに、見張りも何もあったものではない。

正蔵は蔦屋の狙いがそこにはないと知っていて、わざと勇助を孤立させようとしているのだ。

「勇助、なあ、そうだろう？　何か言ったらどうだ？」

「見張りなぞはしていません。あの日記は、耕書堂の商売を記するためのものです。おそらく新入りの私が早く仕事を覚えるように、よく周囲に気を配るようにとの、旦那さんの計らいです」

勇助はきっぱり言った。

ここで失敗したら、殴られたあの夜の比ではないくらい面倒なことになる。そんな勘が働いていた。

「その証拠に、先日のことを、私は一言も日記には書いておりません」

もし俺が告げ口をするというのなら、正蔵が少しもお咎《とが》めなしなのはおかしいではないか。

わかってくれ、というように皆を見回した。

しかし皆、何とも決まり悪そうな顔をしている。

「先日のことだって？　何があったかね？」

正蔵はせせら笑ってから、

「お前は何があったか決して旦那さんに言えねえ。そんなのは当たり前だ」

と続けた。

「どこの誰が、手前《てめえ》が皆に嫌われて殴られ蹴られ、『お前なんか死んじまえ』、『ここから出て行け』、なんて罵《のの》しられてる、なんてみっともねえことを話せるってんだ？」

――みっともねえこと。

そう言われてはっとした。

ここで正蔵たちに酷いことをされてから、ずっと勇助は、身の置き所のない、いたたまれない思いを抱えてきた。

散らばされたものを拾い集める己をお文に見られたとわかったとき、その想いはさらに増した。

己は何も悪くない。理由もなく酷いことをしてくる正蔵たちがおかしいのだ。

頭ではそうわかっているのに、このところの勇助の胸を占めていたのは〝みっともない〟、そして〝恥ずかしい〟という言葉だった。

己が虐《しいた》げられていることを、お文、そして蔦屋には決して知られたくなかった。

「お前は、旦那さんに助けてくれって泣きつくことなんかできやしねえさ」

正蔵が勇助の腹を力いっぱい蹴った。

「うっ……」

痛みに息が止まる。

勇助が皆を見回すと、誰もが、正蔵に媚《こ》びたような笑いを浮かべて頷き合っていた。

――こいつらは、手前を守ることで必死なんだな。

何より悪いのは正蔵だ。憎むべきは正蔵だ。なのに、他の奉公人たちの薄ら笑いのほうが勇助の胸に嫌な熱を帯びて残った。

「よし、皆、そろそろ仕事に行け」

正蔵が言うと、皆、目を伏せて足早に持ち場へ向かう。

勇助は己の腹を押さえて、ふらつく足取りで立ち上がった。

「平気かい？」

ふいに聞こえた声に驚いた。

後ろにいたのは見覚えのある顔だった。暗闇の中で勇助をじっと見つめていた、丁稚の中でいちばん年少の少年だ。

「ありがとう……ございます。平気です」

ほんの刹那、躊躇《ためら》ったが、丁寧な言葉遣いで応じた。

十をいくつか過ぎたくらいの少年だが、耕書堂の奉公人としては勇助の兄さん分になる。

「すぐに冷やせば痣《あざ》が残らないよ。この寒さだからね。冷やすのなんて、ちょいと着物をはだけておけばいいだけで簡単さ」

少年は、手早く勇助の帯を緩めた。

身を切り裂くような冷たい風が、勇助の身体に当たる。

勇助は思わず弾かれたように着物の前を合わせたくなるところを、必死に抑えた。

「もうしばらく、そうしておいで。うんと冷たい風に当てておけば、痛みも紛れるはずさ」

少年が、年に似合わないてきぱきした口調で言った。

「おいらは、孫助《まごすけ》だよ。死んだじいちゃんが付けてくれた大事な名なんだ」

孫助と名乗った少年は、小さくにこりと笑った。

この耕書堂で、仲間の笑みに触れたのは初めてだ。

勇助は相手が己よりもずいぶん年少だということも忘れて、頼もしさにほっと息を吐いた。

「兄さん、どうぞよろしくお願いいたします」

「うん、よろしくね。けど兄さんは妙だよ。孫助さんと呼んどくれ」

勇助に畏《かしこ》まって挨拶をされて、孫助は嬉しそうだ。

「孫助さんは、ここへ入って何年目ですか？」

「二年目だよ。これまで耕書堂には幾人も新しい奉公人が入ったけれど、みんな一月も続かないのさ。そのせいで、おいらがずっといちばん下っ端の新入りさ」

――幾人も新しい奉公人が入ったが、皆、一月も続かないだって？　これは面倒なところに関わっちまったぞ。

勇助は、胸に暗澹《あんたん》たる気持ちが広がるのを覚えた。

9

それからしばらく、勇助にとって苦しい日々が続いた。

奉公人は、皆、勇助の顔を見ると慌てて目を逸らす。

もちろん、話しかけてくれる者なぞ誰もいない。

孫助も皆の前では素知《そし》らぬ顔だ。年端《としは》もいかない少年が、己まで嫌がらせに巻き込まれるわけにはいかないと考えるその気持ちはよくわかった。

仕事の場でも同じだ。何も教えてもらえない、口もきいてもらえない、まるでその場にいないように振る舞われるのだから、すべて見様見真似でやってみるしかない。

当然、しくじる。

「ちょっと、こんな適当な仕事をしたのは、いったいどこのどいつだい⁉」

見咎めたお文が額に青筋を立てて怒鳴ると、皆の目が一斉に勇助に注がれた。

「勇助、またあんたかい」

勇助が身を縮めて「申し訳ありません」と謝るたびに、最初は戸惑っていたお文も、次第にうんざりした顔になり、ついには苛立ちを隠せない様子になる。

「気を抜くのもたいがいにしておきな。いい加減、私だって守ってやれなくなるよ」

優しいお文に、冷たい目でそう言われるのは堪えた。

私も失敗なんてしたくありません。しっかり働いてここで役に立ちたいと思っています。しかし誰も仕事を教えてくれないのです。己が何をすれば良いのかわからないのです。

涙ながらにそう打ち明ければ、お文は先日のことと合わせて、きっと味方になってくれたに違いない。蔦屋に訳を話し、正蔵を始めとする兄さん分たちを叱り飛ばしてくれたに違いない。

しかし、それだけは嫌だった。

己が皆に嫌われている、蔑《さげす》まれていると知られるくらいなら、無能と思われたほうがまだましだった。

ある日ついに、勇助はこれまでにない大失敗をやらかした。

蔦屋が摺師との打ち合わせの際に要点を書きつけた紙を、塵《ちり》だと思って捨ててしまったのだ。

ところどころ破れた皺くちゃの紙に、みみずがのたくったような汚い走り書きだった。どう見ても大事なものには見えなかった。

何よりその紙は、ほんとうの書き損じの塵の山の上に置かれていた。

後から思えば、この紙の筆だけが妙に力強いな、と気にならなくもなかった。しかし紙の山を、一枚一枚「これはほんとうに捨てても良いのか？」なんていちいち確かめるわけにはいかない。もちろん勇助が他の手代に訊いて答えてくれるはずもない。

どこか胸に引っ掛かりながらも、まとめて紙屑《かみくず》買いに渡してしまった。

「あの紙がないぞ。どこへ行ったんだ」

蔦屋の怪訝そうな一言を耳にしたそのとき、やってしまったとわかった。

勇助の身体から汗がわっと噴き出した。

「片付けをしたのは、勇助でございます。今日は勇助が、たったひとりで紙屑買いに塵を渡しておりました。きっと勇助が、すべての事情を知っているかと存じます」

正蔵が深々と頭を下げて進言した。

勇助は息を殺してその場に立ちすくんだ。

ああ、これでもうおしまいだ、と思った。

蔦屋に、すぐに荷物をまとめて出て行け、と言われたい。まずはそんなふうに思った。

申し開きをするつもりはなかった。かといって、こんなところまっぴらだ、こっちから辞めてやる、と啖呵《たんか》を切るほどの憤《いきど》りもなかった。

ただ吐き気を催すほどの気の重さと、面倒くささに襲われていた。

蔦屋は大きく一度息を吸った。

怒鳴り声を上げるに違いない。

そう勇助が身構えたところで、蔦屋は吸った息をゆっくり長く吐いた。

「勇助、お前、やらかしたな」

蔦屋が勇助に目を向けた。

「たいへん申し訳ございません」

勇助は素早く答えた。

「旦那さん、お言葉ではございますが、勇助はあまりにもこの仕事を甘く見ております。勇助がここへ入ってきてから、皆の気も乱れております。このままでは、この耕書堂は——」

「わかった。正蔵、お前は下がれ」

遮られた正蔵は、刹那、うっと黙った。

それから気を取り直したように、「かしこまりました」と答え、一礼して立ち上がった。

去り際に蔦屋の背後で、正蔵は勇助に向かっていかにも意地の悪い目くばせをしてみせた。

鬼のような目元に、右頬だけ歪《ゆが》めた笑み。その顔の醜悪《しゆうあく》さに息が詰まる。

正蔵が去ってから、勇助はしばらく蔦屋と向き合った。

静寂が訪れた。

「なぜ皆がお前を虐げるか、わかるか」

長い沈黙の後、蔦屋が発した言葉は勇助の胸に刃《やいば》のように刺さった。

「虐げられてなぞおりません。日記にも書かせていただきましたとおり、兄さん方にはいつもほんとうに良くしていただいています。今日のことは、ただひたすらに私が悪うございます」

勇助は慌てて答えた。

この苦しい日々が始まってから、日記には泣き言一つ書いていなかった。

勇助は当たり障りのない出来事の記録とともに、毎日、日々すべてうまくいっているという内容を綴《つづ》っていた。

正蔵が日記の内容に目を光らせているから、というのはもちろんある。しかし仮にそうでなかったとしても、きっと書くことは同じだったに違いない。

「お前の日記は毎日読んでいる。だからこそ私は、『なぜ皆がお前を虐げるか、わかるか』と聞いたんだ」

「ですから、私は虐げられてなぞおりません」

そこだけはむきになって否定したかった。

「お前の日記は嘘ばかりだ」

勇助の身体が強張った。

「……そんなことはありません」

急に声が弱くなったとわかる。

「俺は本屋だ。作家に物語を書かせるのが仕事だ。物語の中で作家が嘘をついたら、すぐにわかる。お前の嘘くらい必ず見抜く」

蔦屋が眼光鋭く言う。

「物語とは、そもそも嘘でできているのではないのですか？」

作家、物語、という言葉に、勇助は思わず訊いた。

物語とは、この世にないものを、あたかもほんとうにあるかのように語るものだ。つまり嘘と同じなのではないだろうか。

蔦屋は勇助が口を挟んできたことに驚いたような顔をしてから、ふっと息を抜いた。

「物語と嘘はまったく違う。嘘は、手前のことをよく見せようとするもんさ。作家はときどき、物語の中で嘘をつく。物語の筋が面白ければ面白いほど、その嘘はくっきり浮かび上がる。それに気付くと読者はすっかり興醒《きょうざ》めしちまうんだ。だから俺は物語の最初の読者として、作家の嘘は決して見逃さねえ、許さねえと決めているのさ」

「その〝嘘〟というのは、ほんとうは悲しいのに、悲しくない、辛いのに、辛くないふりをしたりなぞして、虚勢《きょせい》を張ることですか？」

己の日記を思い返しながら勇助は訊いた。

しかし蔦屋は首を横に振る。

「嘘ってのは、そんな健気《けなげ》なもんじゃねえさ。見たくねえものは見ないふりをすることよ」

勇助は息を呑んだ。

「お前の日記には、少しも熱がねえんだ。上っ面《うわつら》だけの冷めた言葉が、淡々と綴られているだけの何の面白みもねえ日記よ。俺はあの冷めきった日記を読んで、お前が奉公人の皆に虐げられていると確信を持った。煙たがられて、嫌われているに違いねえと思った。そしてお前は、悔しくて、悲しくて、心細くてたまらねえんだと思ったんだ」

──悔しくて、悲しくて、心細くて。

嘘だ。そんなことは少しも思っていない。

俺はただすべてが空しく、面倒で、予期せぬ揉《も》め事が起きることに気を重くしていただけだ。

少しも楽に物事が運ばないことにうんざりして、疲れ切っていただけだ。

顔がかっと熱くなる。息が浅くなり、心ノ臓の拍動が耳の奥で鳴る。

「それは、旦那さんのせいではありませんか！」

弾かれたように叫んでしまった。

「旦那さんが、気まぐれに私のことを〝息子〟などと言ったせいで、私は皆から疎《うと》まれる羽目になったのです。私はこんなこと少しも望んでいなかったのに」

鼻の奥で涙の味を感じた。

悔しい。悲しい。心細い。

そんな生々しい言葉が、熱を帯びて己の胸を飛び交った。

「ならば嘘をつくな。手前を良く見せたいという嘘を捨てて、己のほんとうの想いを認めろ！」

蔦屋が言い放った。

「正蔵は、これまでに幾人もの奉公人を追い出してきた。底意地が悪く粗暴《そぼう》で、おまけに僻《ひが》みっぽい。何とも嫌な野郎だ。けれど今のお前とあいつならば、俺はあいつの側につく。あいつが本気でお前を追い出したいと思うなら、きっとそうなるだろう」

――嫌だ。

はっきりと己の声が聞こえた。

悔しい。悲しい。心細い。――そして。

己の胸に浮かんだ不穏な言葉に、はっとした。

――俺は、負けたくない。

奉公人たちの前で、そしてお文の、蔦屋の前で、勇助に恥を搔《か》かせようとする正蔵。勇助を無能だと貶《おとし》めようとする正蔵に負けたくなかった。

この部屋を出て行くときの正蔵の、右の頰を歪めた笑みを思い出す。

生まれて初めて覚えた胸の熱さに、勇助の目の前がくらりと歪んだ。

第二章

1

それからも正蔵《しょうぞう》を始めとする奉公人たちからは、無視をされたり物を隠されたり、通りすがりに蹴り飛ばされたりといったしつこい嫌がらせが続いた。

何も悪いことをしていないのに皆に嫌われている己《おのれ》は、どこまでも情けなく、恥ずかしかった。

時に、何もかも嫌になるような暗い靄《もや》に包まれるような気がした。

けれどそんなとき、勇助《ゆうすけ》はひとり、

「……俺は負けないぞ」

と呟《つぶや》いた。

己の口から流れ出した力強い言葉は、他の誰の言葉よりも耳に心地よく響き、嫌がらせによって乱れた勇助の心を整えてくれた。

その日は、朝から一層寒さが厳しかった。

耕書堂《こうしょどう》では陽が傾いた頃から三々五々客人が集まり、蔦屋《つたや》と何やら熱心に話し合っていた。

話し合いは白熱し、とっぷり日が暮れてから、ようやく客人たちが帰り支度《じたく》をする気配が伝わってきた。

――やれやれ、今日も、どうにかこうにか大きな失敗をしでかさずに済んだ。

隣の小部屋で控えていた勇助がどっと重さを感じる肩を叩き、そんな情けないため息をつきかけたところで、

「勇助、大文字屋《だいもんじや》へ行くぞ」

蔦屋が、有無を言わせぬ口調で声を掛けた。

「は、はいっ！」

勇助は耳を疑いつつも、慌てて応じた。

「お前に支度はいらないな。従《つ》いてこい」

「かしこまりました」

土間に駆け下りて縺《もつ》れる足で草履《ぞうり》を履いていると、背後に鋭い視線を感じた気がした。

怪訝《けげん》に思って振り返ると、正蔵がこちらをじっと睨《にら》みつけていた。

勇助は慌てて顔を背けた。心ノ臓が激しく鳴る。

そのまま正蔵に気付いていないかのように素知《そし》らぬ顔で、蔦屋と十人ほどの客人

たちの一行のしんがりを、早足で追いかけた。

店を出て、引手茶屋の並ぶ五十間道《ごじっけんみち》を通り過ぎて大門《おおもん》を潜《くぐ》ると、そこは吉原《よしわら》の目抜き通りである仲之町《なかのちょう》だ。桜の時季はこの通り一帯を桜の花びらが埋め尽くすという。

仲之町の左右には大見世《おおみせ》と呼ばれる高級妓楼《ぎろう》が立ち並び、二階の軒下にずらりと並んだ紅《あか》い提灯《ちょうちん》が艶めいた光を放つ。

道行く女たちはすべて玄人《くろうと》の遊女たちで、これまで勇助が目にしたどんな女よりも濃い化粧で装い、憂《うれ》いと色気の入り混じった顔立ちをしていた。

先ほど蔦屋は《大文字屋》と言った。

大文字屋は、吉原一の大見世だ。吉原遊びなんて夢物語の勇助でさえも、その名は知っているほどだ。

仲之町をまっすぐ進み、ちょうど通りの真ん中、吉原の真ん中に大文字屋は店を構えていた。

眩《まばゆ》いばかりに豪華な宴席に通された勇助は、部屋の隅でこれ以上ないほど小さく身体を縮めた。

「それではこれより『吉原連《よしわられん》』の〝狂歌の会〟を始めさせていただきましょう。本日ご披露いただきました狂歌は、わたくし蔦屋重三郎《じゅうざぶろう》こと〝蔦唐丸《つたのからまる》〟の責のもと、歌集として出版させていただきます故、どうぞご了承くださいませ」

――つたのからまる。

蔦屋は慇懃《いんぎん》な口調でそんなふざけた名を名乗り、ご機嫌な様子で胸を張った。

狂歌を詠《よ》むとき、人はこんなふうに言葉遊びになった馬鹿馬鹿しい名を名乗る。

「それでは、今宵《こよい》は〝酒上不埒《さけのうえのふらち》〟さまからお願いいたしましょうかな」

――さけのうえのふらち。

さらにふざけた名でそう呼ばれた男の顔を見て、勇助はあっと目を見開いた。

そこにいたのは恋川春町《こいかわはるまち》だ。顔をまじまじと見るまで、少しもわからなかった。

今日の春町は三十代半ばほどの齢《よわい》の男に相応《ふさわ》しい、落ち着いて地味な身なりをしていた。

だが常に気を張っているように激しく幾度も瞬《まばた》きをする様子が、先日顔を合わせたときの珍妙な女のなり、気の脆《もろ》さを思い出させた。

春町は得意げに己の狂歌を詠み始める。

それを受けて客たちが大いに笑い、手を打ち鳴らし、野次を飛ばす。

緊張で頭が真っ白になっていた勇助にも、ようやくこれが狂歌師たちを集めた句会であり、蔦屋がその句会の模様を書きつけて本にしようとしているのだとわかった。

狂歌とは和歌の形式を取りつつも、和歌よりもずいぶん通俗的で滑稽《こっけい》な歌を言う。諧謔《かいぎゃく》や皮肉を扱うということもあり、心を静めてひとりしたためるよりも、酒席で仲間たちの笑いの中、競うように繰り出すものだ。

そんな狂歌を詠むための狂歌会は、明和《めいわ》六年に狂歌師唐衣橘洲《からごろもきつしゅう》の屋敷で開かれた狂歌会をきっかけに、お江戸で広く開かれるようになっていた。

「いやあ、いいねえ。いいねえ。たまらないねえ！」

狂歌師の蔦唐丸となった蔦屋は、いつしか先ほどの澄ました様子をかなぐり捨てて、熱っぽく春町――すなわち酒上不埒の狂歌を褒《ほ》めちぎり、それを帳面に書き写す。

春町は皆の笑い声に釣られて、己も一緒に大笑いだ。

女のなりをして鬼気迫る顔で、「書けない」と青ざめていたときに比べると、ずいぶんと健やかな姿だ。

勇助は恐る恐る客人たちを見回した。

誰もが春町と同じように、酒と笑いで顔を赤くして狂歌に興じていた。

その中でひとりだけ、明らかに浮かない顔をしている男がいるのに気付いた。

年の頃四十代半ばほどの痩《や》せた男だ。

「〝手柄岡持《てがらのおかもち》〟、辛気《しんき》臭い顔をしてどうしたんだい？　身体の具合でも悪いのかい？」

客の一人が声を掛けた。

てがらのおかもち、と呼ばれた男は、はっとした顔をしてからすぐに決まり悪そうに畳に目を向けた。

「売れっ子ってのは、金が入る分だけ悩みが深いって決まりよ。せいぜい今の気鬱《きうつ》を楽しむがいいさ」

誰かがからかうと、手柄岡持は拗《す》ねた子のような顔をした。今にも泣きべそを掻《か》きそうに、口をへの字に結ぶ。

皆はそれを冗談と捉えたのか、どっと大笑いだ。

「厠《かわや》へ行ってくる」

手柄岡持が立ち上がった。

「どうぞ。こちらへ」

こんなときのために己が連れて来られたのだろうと、勇助は慌てて襖《ふすま》を開けた。

「朋誠堂《ほうせいどう》、あんた平気かい？　顔色が真っ青だぞ」

追いかけてきた春町が心配そうに耳打ちをした。

――朋誠堂喜三二《きさんじ》といえば、『桃太郎後日噺《ももたろうごにちばなし》』の作者だ！

勇助の胸に、本の題が稲妻のように浮かぶ。

「朋誠堂ですって？　あの朋誠堂喜三二先生でしたか！」

声を上げてしまってから、勇助はひっと息を呑んだ。

慌てて蔦屋を窺《うかが》う。

蔦屋は帳面に顔を突っ込むようにして、他の客人たちと狂歌の会を盛り上げている。勇助の出しゃばりには気付いていないようだ。

手柄岡持――朋誠堂喜三二が、怪訝そうな顔で勇助に向き合った。

「お前は、蔦屋の新入りだな？　私のことを知っているのか？」

「もちろんです。『桃太郎後日噺』は何度読んだかわかりません。私はあの話が大好きです。悪知恵の働く猿が可笑《おか》しくて。それに、鬼を取り合うおふくと鬼女姫《きじょひめ》の悋気《りんき》の様子が凄まじく……」

勇助は蔦屋の様子を窺いつつ、早口で答えた。

『桃太郎後日噺』は、その名のとおり、昔話の桃太郎が鬼退治をしたその後を描いた物語だ。

桃太郎の家来になった鬼が、角を剃《そ》り落として人になる。その元鬼の男を、おふくと鬼女姫、という二人の女が取り合うというのが、物語の大きなあらすじだ。

「『桃太郎後日噺』だって……⁉」

朋誠堂の眉がぎりりと上がった。

「はい、申し上げましたとおり、私は『桃太郎後日噺』が大好きなんです。さすがに、あの終わり方には驚きましたが」

勇助は肩を竦《すく》めて笑った。朋誠堂のことが、まるで旧知の誰かのように思えた。

ただただ、胸躍る面白い物語を書いてくれた作家に会えたことが嬉しかった。

あまりに舞い上がっていて、朋誠堂の顔色がみるみるうちに怒りで赤くなったことにさえ気づかなかった。

「蔦屋！　こいつを摘まみ出せ！」

いきなり朋誠堂が怒鳴り声を上げた。

場が静まり返る。

「す、すみません。どうぞお許しくださいませ」

何が起きたのかわからず、勇助はしどろもどろになって謝罪した。

「勇助っ！」

蔦屋が般若《はんにゃ》の形相《ぎょうそう》で飛んでくる。

「私の前で『桃太郎後日噺』の話は二度とするな」

朋誠堂が吐き捨てるように言った。

2

「おっと勇助、その真っ赤な頰っぺたにこれを当てておきな」

とっぷり夜も更けてから蔦屋と共に耕書堂に戻った勇助を目にしたお文《ふみ》は、勇助の姿を一目見て気付いた。

お文は炊事場に駆けていって、萎《しお》れた菜っ葉を持って戻ってきた。

「すみません。ありがとうございます」

勇助は己の声に涙が滲《にじ》むのを感じた。

冷たい土間の上の駕籠《かご》に入っていた菜っ葉は、腫《は》れた頰《ほお》にひんやりと心地よい。しかし奉公人たちにやられた打ち身は、お文にはどこまでも隠しとおしたかった。しかし今宵の腫れた頬は、宴席で蔦屋に引っ叩かれたものだった。

暗がりの中でも勇助の頬の腫れに気付いてくれたお文の優しさが、素直に身に染みた。

蔦屋が血相を変えて勇助を叱り飛ばし、おまけに人前も憚《はばか》らず手を上げた姿を見た文人たちは皆一様に、「そこまでしなくとも」と慌てて止めに入った。

発端となった朋誠堂でさえも、「叩きのめせとまでは言っていない」と決まり悪そうに引き下がり、どうにかこうにか場が収まったのだ。

「勇助、ちょっと来い」

蔦屋に奥の部屋に呼ばれた。

あれから大文字屋で、蔦屋は勇助と一度も目を合わせてくれなかった。

「はい、ただいま伺います」

廊下の奥の部屋は、蔦屋が書きものをするときや難しい考え事の際に籠《こも》る部屋だ。

蔦屋がこの部屋にいるときは、奉公人はもちろんのこと、お文でも気軽に声を掛けることは許されない。

勇助が恐る恐る奥の部屋に足を踏み入れると、中はたくさんの本が人の背丈ほど積み上げられたものが柱のようにいくつも並んでいた。その柱に囲まれるように小さな文机《ふづくえ》がひとつ置かれている。

机の前に座った蔦屋が、両腕を前で組んで鋭い目で勇助を睨む。

座れ、と顎《あご》で示されて、勇助は小さくなって腰を落とした。

勇助に向き合った蔦屋の険《けわ》しい顔が、ふいにぱっと花が咲くように破顔《はがん》した。

「今日はよくやったぞ。ひょっとするとお前には商売の才があるかもしれねえ」

「へえっ？」

大事な客人相手に差し出がましいことを言いやがって、と説教を喰《く》らうとばかり思っていた勇助は、素《す》っ頓狂《とんきょう》な声を出した。

まさか褒められるなんて思ってもいなかった。

「……朋誠堂先生は、私に大層怒っていらっしゃいました」

「なぜかわかるか？」

「……わかりません」

勇助は俯《うつむ》いた。

「お前はあの『桃太郎後日噺』の終わり方について口にしたな。命知らずな奴だ」

「あれは、決して悪い意味ではありません」

勇助は慌てて首を横に振った。

『桃太郎後日噺』は、鬼七《きしち》を巡って二人の女が血みどろの闘いを繰り広げている最中、唐突に登場した桃太郎が、登場人物をばっさりと斬り捨てる。

さらに本の最後の一枚は、これもまたいきなり版元の鱗形屋孫兵衛《うろこがたやまごべえ》が現れて、読み手に深々と頭を下げて幕を閉じるのだ。

あの本を初めて読んだとき、勇助は手に汗握って読み耽《ふけ》っていた物語が急に尻切れ蜻蛉《とんぼ》になったことに呆気《あっけ》に取られた。

だが不思議と嫌な気持ちにはならなかった。

狐《きつね》に抓《つま》まれたような気持ちになりつつも、なぜか「ああ楽しかった」と満足して本を閉じた。

「あの本を書いている最中、朋誠堂は十日も行方不明になったんだ。お江戸中の版元が泡を喰って探し回った大騒動だ。小遣いを握らされた近所の餓鬼《がき》がようやく見つけ出したときには、朋誠堂は不忍池《しのばずのいけ》の泥の中に半分身体を浸《ひた》して、『書けない、書けない』なんてめそめそ泣いていやがったさ」

勇助は息を吞んだ。

『桃太郎後日噺』は、朋誠堂が終わらせたくとも終わらせることができなかった。

あの唐突な形で終わらせる他になかった物語だったのか。

「――申し訳ありません」

少し考えればわかったことだ。

けれどあのとき、なぜか言いたくなってしまった。俺はあなたの書いたあの本を、嘘偽りなく何度も胸を躍らせて読んだのだ、あの結末さえ好きでたまらないのだと強く言いたくなってしまったのだ。

「けどな、そんなこたあどうだっていいんだ」

「へっ?」

勇助は驚いて顔を上げた。

「お前は、朋誠堂にたいへんな失礼をやらかした。つまり……」

蔦屋が言葉を切ってにやりと笑った。

「詫《わ》びに伺う口実ができたってことよ。これで一度は必ず、朋誠堂と顔を突き合わせてじっくり話し合うことができるってわけだ」

蔦屋の目が鋭く光る。

「朋誠堂先生と、いったい何を話し合うのでしょう」

勇助は目をしばたたかせた。

「決まっているだろう？　朋誠堂が今書いている本の話さ。朋誠堂は、うちから景《かげ》清《きよ》を題材にした上下二冊の黄表紙《きびようし》、『景清百人一首《かげきよひやくにんいつしゆ》』を出そうって約束になっているんだ。今はちょうど上の巻が書き上がったところよ」

「景清を題材にした黄表紙ですか！」

景清とは、昨今お江戸の花と持て囃《はや》される歌舞伎役者、五代目市川團十郎《いちかわだんじゆうろう》のお家芸だ。

源平《げんぺい》の戦《いくさ》の時代、平家方の名を馳せた武将、悪七兵衛景清《あくしちびようえかげきよ》が落ちぶれていくさまと、行方知れずの子との親子の情愛を描いた大作だ。

それを朋誠堂が滑稽な黄表紙に仕立てるというのだから、大きな評判になるのは間違いない。

「おまけに、その本には團十郎の似顔絵を使おうって算段よ」

「それは、とんでもないことになりますね」

自《おの》ずと声が華やぐ。

「そうさ。そのとおり、とんでもねえ評判になるさ。ただし――」

蔦屋が言葉を切った。

「朋誠堂が無事に下の巻を書き上げることができりゃな」

勇助は口を噤《つぐ》んだ。

「書き上げられない、場合もあるのでしょうか？」

勇助の頭の中に『桃太郎後日噺』の最後の一枚、読み手に深々と頭を下げる鱗形屋の絵が浮かぶ。

「作家にゃ、そんなのしょっちゅうさ」

「では、そのときは『桃太郎後日噺』のような終わり方にするしかないのでしょうか？」

「それは場合によりけりさ。俺は作家がもうどうやっても先を書けない、って泣きついてきたときにゃ、見栄《みえ》を取るか金を取るか、って選ばせている」

蔦屋が指を二本出して見せた。

「話が終わっていない物語をそのまま本にして出せば、誰もがお前みたいにあれでよかったなんて思うとは限らねえ。これまでの心躍る気持ちを返せ、もう二度とこいつの本は読まねえぞ、と怒鳴りたくなる読み手の気持ちはわかるだろう？　作家としての見栄を取るなら、そんな本は出せやしねえ。これまでの草稿は破いて屑屋《くずや》行きさ」

「はあ……」

勇助は頷《うなず》く。

「けどな、作家が金を取るって言えば、こっちは喜んでそのまま出させていただくさ。鱗形屋がそうしたようにな」

蔦屋が手をぽんと打ち鳴らした。

「作家が先を書けない草稿ってのは、だいたい風呂敷の広げすぎで、にっちもさっちも行かなくなっちまってるんだ。落としどころが決まっていないわけだから、型にはまった物語には決してない、それこそ血が湧き立つような面白さがあるってもんよ。それはそれで、とんでもねえ評判になるのさ。金に困った作家にとっちゃ、そっちへ転ぶのは仕方がねえ話さ」

「へえ……」

――物語がきちんと終わらない本。

悪人がのさばり、善人が苦しみ、捕らえられた美しい姫は絶体絶命の危機のまま、いきなり尻切れ蜻蛉になってしまう本。

けれども確かにあの『桃太郎後日噺』は、血が湧き立つほど面白かった。

「ってなことで、詫びに行く用意をしておけ。朋誠堂は今日から半月ほど江戸を留守にして、水戸藩で開かれる運座《うんざ》の例会へ出向くそうだ。戻るまでの間に、朋誠堂が機嫌を直して下の巻を書けるようになる方法を考えろ」

「詫びの用意、ですか？ いったい何をすれば良いのでしょう……」

勇助は困惑して眉を顰《ひそ》めた。

「それは手前《てめえ》の頭で考えろ。ここにある本を好きに読んで構わねえぞ」

蔦屋はそう言うと、「今宵はよく寝れそうだ」と大あくびをした。

3

蔦屋が寝室に消えた後の奥の部屋で、勇助は行燈《あんどん》のおぼろげな明かりに照らされた、一面に押し寄せる本を見回した。

あちこちから本がせり出して、まるで洞穴《どうけつ》の中のようだ。

――朋誠堂の本は、確かこの山だ。下から順に、これまで朋誠堂が書いた本がすべて置いてあるはずだ。

去り際に蔦屋から教えてもらった本の山に近づく。

上から順にいくつかの本を手に取って眺《なが》める。

読んだことのある本の題名を目にすると、ほんの刹那《せつな》だけ稲妻のように物語の描き出す世界が浮かび上がった。

――詫びに行く用意。いったいどうしたらいいんだろう。

特に好きで幾度も読んだ、『親敵討腹鞁《おやのかたきうてやはらつづみ》』を開いてみた。『かちかち山』の後日譚《ごじつたん》だ。子狸が親の仇《かたき》として兎を狙うという滑稽物語だ。目は本の文字を追う。絵を追う。頭は物語の世界を歩き回る。なのに同時に、遠い昔の思い出が胸に浮かぶような懐かしさを覚えた。

かつて名月堂《めいげつどう》の店先に集まる常連のひとりが、分厚い文を手にやってきたことがあった。

――名月堂さん、これを頼まれてくれないかい？　あんたは版元と付き合いがあるんだろう？

――ああ、いいさ。きっと必ず本人が読んでくれるさ。もっとも、返事は期待しちゃいけねえぜ。

――もちろんだよ、ただ先生に渡してくれるだけでいいのさ。先生の新しい本を今か今かと待っている読み手がここにいるって、それさえ伝われば満足なんだ。

まるで十四、五の娘のように頬を染めた中年の男が、胸に抱えた文を大事そうに差し出した。

——そうだ、文だ。

勇助は、ぽんと膝を叩いた。

——これから朋誠堂先生の書いたすべての本を読もう。すべての本を読んで、その感想をしたためるんだ。

そう閃《ひらめ》いたら、途端に胸が躍った。

詫びの言葉をいくら綴《つづ》っても、朋誠堂からけんもほろろな対応をされることはわかりきっていた。

だがひとりの読み手がその物語にどれほど魅了されたかを綴った文は、作者にとって読まずに破り捨ててしまうことはできないに違いない。

これまで朋誠堂が書いたすべての本を丹念に読み込み、心を込めて文を書けば、もしかしたら朋誠堂の筆が進むきっかけにもなるかもしれない。

勇助は、己の閃きに口元を綻《ほころ》ばせながら、本の山のいちばん下にあった一冊を手に取った。

物語の始まる気配に耳を澄ますと、勇助の胸がちくりと痛んだ。

勇助の父は、何より本が好きな人だった。

本を読み始めると、周囲のすべての音が、色が消える。

本を開いた父に「おとっつぁん」と声をかけても、顔を上げたためしがない。一度、妹のおとしとふざけて「おとっつぁんの、おたんこ茄子《なす》やーい」なんて囃し立ててみても、気づいてさえもらえなかった。

どうしてもの急な用事のときは、耳元で声を張り上げて何度も呼ぶと、やっとようやく「何だ？」と迷惑そうに顔を上げる。

その顔は、決まって妙に凹凸《おうとつ》が少なく目に光がない。まるで心のないのっぺらぼうのようで、気味が悪かった。

幼い頃から、本に父を取られてしまっているような気がしていた。

本がそこにあると、父が魂だけひょいと他のところへ攫《さら》われてしまう。そう感じた。

本のことをまるで父がよそに作った女であるかのように、忌《い》み嫌《きら》ったことさえあった。

そのまま本嫌いになってもおかしくなかった勇助の運命が変わったのは、十になったある日のことだ。

身体を動かすのが得意で、近所の子供たちと危ない遊びばかりしていた腕白坊主の勇助は、ある日、木から落ちて大怪我をした。

幸い頭と臓は無事だったが、両足にいくつも枝が刺さって、骨が折れて歩けなくなった。

外へ遊びに行くことはおろか、厠に行くことさえ許されない。ただひたすら安静を心がけるようにと言われた勇助の枕元に、父が、幾度もの貸し出しから戻って酷《ひど》く破れた本を数冊置いた。

その表紙は朽ち果てているかのように傷んで、題名さえ読み取れないほどだった。

あまりの暇に耐えかねて本を手に取った勇助は、一枚目を読み始めたその刹那に胸を鷲摑《わしづか》みにされた。

床の中の勇助は、むさぼるように本を読んだ。

本を読んでいるそのときだけは、身体の痛みを忘れた。

いったい、いつになれば元通りに遊ぶことができるのだろう、もしかしたら一生こうして寝たきりのままなのかもしれない、俺はなんて情けないんだろう、おっかさんにもおとっつぁんにも心配をかけて……。

そんな、どれほど考えても少しも得にならないような重苦しい悩みが、頁をめくるたびに押し寄せる瑞々《みずみず》しく色鮮やかな物語の世界にかき消された。

こんなに楽しいものがこの世にあるとは知らなかった。

俺も大人になったら、本に関わる仕事がしたい。

おとっつぁんみたいな本屋になりたい。

あの日の勇助は、間違いなくそう思っていたはずだった。

4

雀《すずめ》の鳴き声に、朝が来たと知った。

誰かが廊下を早足で走る足音に気付く。

「朝か……」

奥の部屋の戸を開けると白い朝陽が眩しく降り注いだ。

勇助は染みる目を擦《こす》った。

陽の光が強すぎて、目の前の光景が覚束《おぼつか》なかった。

一睡もしていないのに、はてここはどこだろう？　と己に問いかけたくなるように、すべてが遠く見えた。

夢から醒《さ》めたようだとは、まさにこのことだ。

頭の中を、今しがたまで浸っていた物語の光景がぐるぐる回っていた。

これほど長い間、本を読んだのは久しぶりだった。

眠気は少しも感じない。ただ頭の中が熱かった。

勇助は周囲を見回しながら廊下へ出た。

「いてっ！」

鼻先に火花が散るのが見えたような気がした。

足の裏の鋭い痛みにうずくまる。

足裏をひっくり返すと、割れた器《うつわ》の欠片《かけら》が一粒めり込んでいた。

えっ、と思ってもう一度周囲をよく見ると、床一面に同じような尖《とが》った破片がばら撒《ま》かれていた。

「これは……」

こんなところに破片が散らばっていて、早起きのお文が踏んづけでもしたら、たいへんなことになる。

きっとこの嫌がらせの主は、わざわざこのためだけに己もとんでもなく早起きをして、勇助のいる奥の部屋の前で破片を撒き、痛い思いをする勇助の姿を存分に楽しんでから手早く片付けようという算段だろう。

ぞっとするほどの執念深《しゅうねんぶか》さに、正蔵の意地悪そうな顔が真っ先に浮かんだ。

「これをしたのは、正蔵兄さんでいらっしゃいますか？」

庭に向かって声を掛けた。

思ったことをすんなり口に出すことができた己に驚いた。

きっとこれほど大胆になることができたのは、今しがたまで本の中にいたせいだ。

この世で嬉しいことがあろうとも、辛く苦しいことが起きようとも、本は変わらずに同じ物語を語って聞かせてくれる。

己の生きるこの憂き世以外に、文字と絵で綴られたもう一つの世界が広がっている。

その世界は一見、荒唐無稽《こうとうむけい》に思えて、一本の筋がすっと通り、読み終わった後にこの世のことがほんの少しわかったかのように思える。

この世の嫌な出来事に振り回されるのが、急に馬鹿らしくなっていたのだ。

「……」

返ってきたのは、ただの静寂ではない。

黙りこくる誰かの息遣いが、はっきりと庭木の陰から聞こえた。

「私が、いったい何をしたというのですか！」

勇助は腹から声を出した。

「私は、こんな仕打ちを受ける故はありません！」

己の力強い言葉に、腹の底からふつふつと怒りが湧く。

——悔しい。悲しい。心細い。そして……。

蔦屋に言われたあのときに湧いたものと同じ怒りを覚えた。

「聞こえていますか？　おい、正蔵！」

いきなり勇助の口調が乱暴になると、漂う気配がぴんと張り詰めた。

「おい、正蔵！　聞こえていやがるのか！　隠れていねえで出てきやがれ！」

気付くと勇助の目から涙が溢《あふ》れていた。

物語の主人公ならば、きっとこう言うに違いなかった。

そして挑発に乗って「何だと？」と険しい顔で現れた悪党正蔵を、勇助はこてんぱんに叩きのめすのだ。

「出てきやがれ！　畜生！　この卑怯者！」

そのとき。

「うるさーいっ！　ちょっと静かにしておくれよ！」

二階から、お文の怒鳴り声が割って入った。

「勇助、あんた何を寝惚《ねぼ》けて大騒ぎしているんだい？　まだあと半刻《とき》、半刻だけ寝かせておくれよ！　この半刻が何より大事なんだって、わからないかい？」

寝惚けた声なのに、どすが利いている。

お文はほんとうに怒っているようだ。

「すみません！」

勇助は慌てて謝った。

「かあ、かあ、かあ」

庭から下手糞《へたくそ》なカラスの鳴き真似が聞こえてきた。

5

その日の昼過ぎ。勇助は客がいない隙《すき》を見て、店内に飾った錦絵《にしきえ》を新しいものに取り換えていた。店の奥の壁、売り物の本を吟味《ぎんみ》する客たちの目につくところに張られた糸に、竹はさみを使って旗のように幾枚もの錦絵を飾る。

「今朝早くに、カラスと喧嘩《けんか》をしていたらしいな」

振り返ると、蔦屋が両腕を前で組んで立っていた。

「へい……」

「お前の大騒ぎのおかげで、お文は寝足りねえって苛々《いらいら》していやがる。こっちはとんだとばっちりだ」

蔦屋が苦笑いを浮かべて店の框《かまち》に腰かけた。

「座りな」

懐から煙管《きせる》を取り出して、勇助に言う。

「はいっ」

蔦屋が吐き出す煙草《たばこ》の煙が目に染みる。ほんの刹那だけ、くらりと眠気を覚えた気がした。

「それで、朋誠堂への詫びの方法は思いついたか？」

「はい、これまで朋誠堂先生の書かれたすべての本の感想をしたためて、お詫びの際にお届けしようと思うのです」

「ほう……」

蔦屋が勇助の顔を真正面から見る。

勢いよく煙を吐き出した。

「面白いじゃねえか」

「そうでしょうか？」

己が思っているよりもずっと華やいだ声が出た。

――やったぞ。この耕書堂で認められた！

密かに拳《こぶし》を握り締め、思わず口元が緩みそうになる。

「手前で考えたのか？」

「ええ」

勇助は胸を張った。

――もちろんでございます。私が、己ひとりで閃きました。

そんな調子の良い言葉を続けそうになって、慌てて抑える。

「なら、しばらくは朋誠堂の仕事に集中しな。下働きをみっちり学ぶのは、これが上手くいってからでも遅くねえ」

「はいっ。朋誠堂先生に無礼を許していただき、無事に下の巻を書き上げていただけるように奮闘いたします」

勇助はそつなく滑《なめ》らかに答えた。

「おっと、まだ言っていなかったな。お前がやるべきことは、それだけじゃねえんだ」

「へっ？」

「朋誠堂の怒りを解いて、『景清百人一首』の下の巻を書かせる。それに加えて、お前には、北尾政演《きたおまさのぶ》って作家に物語を書いてもらうように仕向けてもらわなくちゃいけねえんだ」

「北尾政演ですか？　その名はつい先ほど、どこかで見たような……」

「朋誠堂の本のいくつかで、挿絵を描いた絵師さ。昔のものだと、『廓花扇の観世水《くるわのはなおうぎのかんぜみず》』や『鐘入七人化粧《かねいりしちにんけしょう》』。新しいものだと今年出た『一粒万金談《いちりゅうまんきんたん》』も、政演の絵さ」

「なるほど。だから見覚えがあったんですね」

勇助は頷いた。

「ですが、その絵師からなぜ物語を？」

挿絵を描いてもらうというならわかるが。

「政演は以前、山東京伝《さんとうきょうでん》って筆名《ひつめい》で本を書いたことがあるのさ。それがまあ、まったく売れなくて評判も悪かった。本人もずいぶん意気消沈《いきしょうちん》して、もう二度と物語は書かないと言っている。けれど俺は政演はまだまだ伸びると踏んでいるんだ。何せ春町の例があるからな」

勇助は、昨晩夜を徹して読み耽った朋誠堂の本を思い出す。初期の作品の挿絵は、ほとんど恋川春町によって描かれていた。

お江戸の本好きで、恋川春町が絵師から作家になったことを知らない者はいない。

「俺の見立てによれば、政演は春町よりもっと才のある逸材だ。きっと面白い物語を書くはずなんだ。だが、政演は最初の失敗ですっかり臍《へそ》を曲げている。ただ正面から頼んだだけじゃあ、どうしても書いちゃくれねえのさ」

「つまり、朋誠堂先生の口添えが必要ということですね」

「ああ、そうだ」

無礼を働いて怒らせてしまった朋誠堂の怒りを鎮め、さらに筆が止まってしまった物語を終わりまで書かせ、さらにさらに、他人の仕事の口添えまで頼まなくてはいけない。

勇助にとって、荷が重いどころではない話だ。

「とまあ、こんなわけだ。よろしく頼んだぞ」

蔦屋が何とも優しそうな顔でにこりと笑った。

立ち上がりざまに勇助の肩を叩く。

「わっ！」

その力は案外強くて、勇助は思わずよろめきそうになった。

6

それからの勇助は、朝から晩まで朋誠堂の描き出す物語に浸った。

朋誠堂が初めて書いた本は、洒落本《しゃれぼん》の『当世風俗通《とうせいふうぞくつう》』だ。この本の挿絵の絵師を改めて確かめると、蔦屋の言ったとおり恋川春町だった。

洒落本とは黄表紙と同じく軽い調子ではあるが、主に廓《くるわ》での男女の物語だ。

朋誠堂が書いた洒落本は、この一冊だけで、あとはすべて黄表紙だ。

朋誠堂には、大人を相手にした艶っぽい物語よりも、どこまでも滑稽で馬鹿馬鹿しい、老若男女が笑い転げる黄表紙のほうが合っていたのかもしれない。

そんなことをつらつらと考えながら、朋誠堂の本を一冊ずつ丹念に読み込み、良いと思った部分を抜き書きにしていく。

刊行された順に五冊も読んでいくと、朋誠堂が好きな言い回し、物語運び、そして食や女の好みが手に取るようにわかってくる。

また朋誠堂の作品は、お上《かみ》への風刺が巧みだった。

そのものずばりを描いてしまえば、すぐにお縄になってしまうご時世だ。

朋誠堂は、物語の大筋にはさほど関わりがないはずの村人や商人などどうでも良い役どころの者を、誰もが知っている実在の人物になぞらえて書く。これは誰のことを模しているのかとわかる人にはわかる仕掛けだ。

お上を表立って否定することは決してない。しかし、この世がこのままであるべきだとは決して思っていない。

侍《さむらい》として生まれた朋誠堂喜三二のこの憂き世への姿勢が伝わってきた。

物語を読んでいる間は、憂き世の嫌な出来事を忘れて没頭することができる。心を躍らせて楽しむことができる。

さらに作家が張り巡らせた細かい技に目を留めて、こんなふうに改めてじっくり読み込めば、あっと驚くような意図に気付くこともできる。

勇助は汗を拭いながら、感想を書く筆をどんどん進めた。

「ああ、面白えなあ……」

勇助は幾日もろくに眠ることなく、蔦屋の奥の部屋に籠って本を読み耽った。

その部屋に積み上がったすべての朋誠堂の本を読み終わり、さらに感想を書き上げたのは十日後のことだった。

「よしっ。これでいい」

勇助はげっそり窶《やつ》れた頰を満足げに撫《な》でた。

己の書いた文を、もう一度改めて読み直す。

胸の中に物語の場面が次々に広がる。

決して目で見ることができない場所に、こんなに色鮮やかな光景がある。

いったい朋誠堂の頭の中というのはどうなっているのだろう。

こつん、と胸に何かが引っ掛かった。

「待てよ」

この文の束を見せれば、きっと朋誠堂は機嫌を直してくれる。だが今回は、それだけではいけないのだ。

新しい作品の下の巻を書いてもらい、さらに、蔦屋が才を認めた北尾政演という絵師に、口添えまで頼まなくてはいけない。

この程度の土産物《みやげもの》では、まだ足りないのかもしれない。

勇助は眉間に深い皺《しわ》を寄せた。

「そうだっ！」

勇助は目を輝かせて、勢いよく膝を叩いた。

7

不忍池から流れる忍川《しのぶがわ》の下流に、その形から三味線堀《しゃみせんぼり》と呼ばれる堀がある。忍川と、鳥越川《とりごえがわ》、大川《おおかわ》を繋《つな》ぐ三味線堀には、船着場があり、さまざまな荷を下ろす船が停まっている。

三味線堀の向こうでは、気が遠くなるほど豪華な秋田藩佐竹家《あきたはんさたけけ》の三階建ての屋敷が、まさに作事《さくじ》の最中だ。

蔦屋と勇助が訪ねた朋誠堂喜三二は、平沢常富《ひらさわつねまさ》といういかにもまっとうな侍の名を持ち、佐竹家組屋敷に暮らしていた。

「先日のご無礼、心よりお詫び申し上げます」

蔦屋が酒の席とは打って変わった畏《かしこ》まった口調で謝った。

勇助も蔦屋に倣《なら》って、畳に額を擦《す》りつける。

朋誠堂は、いかにも侍然とした渋い顔をして黙って両腕を前で組む。

目の前にいる男は真面目そうな侍だ。狂歌師の手柄岡持でもなければ、作家の朋誠堂喜三二でもない。

だが、朋誠堂が物語の中に潜ませたお上への風刺は、この平沢常富という男からこそ生まれたものなのだ。

平沢常富と朋誠堂喜三二、そして手柄岡持、三人の違った男の心がこの身体に入っているのか、と思いかけて、勇助ははっとした。

この男は作家だ。中にいる人の心は三人分どころではない。

「勇助が、お詫びの品をお持ちいたしました。さ、勇助」

蔦屋に目くばせをされて、勇助は慌てて抱えていた紙の束を差し出した。

「これは何だ？」

朋誠堂が冷めた目をする。

「朋誠堂先生の作品の感想です。これまで朋誠堂先生が書かれたすべての本について、私の熱い想いを綴らせていただきました」

朋誠堂が怪訝そうな顔をして、紙を捲《めく》る。

「馬鹿馬鹿しいことを……」

鼻で笑うようなその口調に、僅《わず》かに柔らかなものを感じた。

一枚の紙に、朋誠堂の手が止まる。

『桃太郎後日噺』の感想だ。

勇助は密かにごくりと唾《つば》を呑んだ。

「これがお前の感想か……」

朋誠堂が紙を示す。

「はいっ！　失礼とは存じましたが、思いのままを書かせていただきました」

「ただただ楽しく面白く、この憂き世を忘れることができた。だが物語の終わり方には」

朋誠堂がぐっと言葉を切った。

「――決して納得がいかない」

「はい、それが読み手である私の、嘘偽りない気持ちです。私は朋誠堂先生に、どんな手を使ってでも最後まで物語を終わらせていただきたかった。改めて読み直して、心からそう感じました」

勇助は朋誠堂を挑むような目でまっすぐに見た。

朋誠堂はしばらく黙って勇助を睨み返してから、ふいに息を吐いた。

「——悪かったな」

朋誠堂がぽつりと呟いた。

「い、いえ、そんな。決して朋誠堂先生を責めているなんて、そんなわけでは……」

「ああ、うるさい、うるさい。そのことはもういい」

朋誠堂が顔を顰《しか》めて首を横に振った。

「それはつまり、私はお許しいただけるということでしょうか」

勇助が一応確かめると、朋誠堂がほんの刹那、きょとんとした顔をしてから、

「ああ、そうだ」

と苦笑して頷いた。

「わあ！　ありがとうございます！」

己の閃きが上手くいったこと、苦労が報われたことは嬉しかった。

本屋の仕事というものに手ごたえを感じた気がした。

もしかすると、己にはほんとうに蔦屋のいうところの〝本屋の才〟というものがあるのかもしれない。

有頂天《うちょうてん》になって喜ぶ勇助の脇腹を、蔦屋が素早く突いた。

目で示されて、はっとする。朋誠堂に無礼を許してもらうという一つ目の目的は、思ったよりもすんなりと達することができた。

次は、朋誠堂が今進めている草稿の先を書けるように力を添えることだ。

「実はこの勇助は、お詫びの品をもう一つお持ちしています。これが吉と出るか凶と出るか。わたくしは内心震え上がっておりますが、若輩者《じゃくはいもの》の無謀ということでどうぞ、広いお心でお許しいただけましたらと……」

――えっ？

勇助は怪訝な心持ちで蔦屋の横顔を見た。

謙遜《けんそん》にしては蔦屋の口調に切実なものを感じた。

――旦那さんは、俺のあの閃きに大喜びしてくれたはずなのに。

先日、勇助からの提案を聞いた蔦屋は、「お前はさすがだ！　本屋の才がある！」と褒めちぎった。

そして特別に、朋誠堂が書いた『景清百人一首』の上の巻の草稿を読むことを許してくれさえしたのだ。

「何のことだ？」

朋誠堂が首を傾げた。

「さあ、勇助」

蔦屋が促す。

――旦那さん、これで上手くいくはずですよね？

急に不安になって、そんな想いを込めた縋《すが》る目をしてみせるが、蔦屋は勇助の顔をろくに見ない。

「こ、これを……」

勇助は裏返った声で、一枚の紙を差し出した。

「私が『景清百人一首』の続きを考えてみたのです」

幾日も朝から晩まで朋誠堂の本に浸っていたら、いつの間にか朋誠堂の物語運びの癖がわかったような気がした。

まずは、読み手がきっとこうなるだろうと想像する先行きを、誰にも抗《あらが》えないような運命のいたずらを起こしてぱたんと反対に倒す。読み手がいったいどうなるのだろうと手に汗握ったところで、主人公はことごとく選択を間違えてさらに追い詰められていく。絶体絶命の危機が訪れたところでもう一度物語が引っくり返り、読み手が望んでいたとおりの平穏な結末が訪れ、皆がほっと胸を撫で下ろすのだ。

読み手として物語を愛する心、それに加えて本屋の仕事として感想を考えたこと。その二つのおかげで、勇助の頭の中には『景清百人一首』の下の巻の物語が見えた気がしたのだ。

「そっくりそのまま使っていただいても、構いません」

じっと目を凝《こ》らすようにして紙を見つめる朋誠堂に、勇助は声を掛けた。

「朋誠堂先生の作品が出来上がるのを、お江戸じゅうの皆が待っています」

どこかで聞いたような、本屋らしい台詞《せりふ》を付け加えた。

朋誠堂はしばらく黙ってから顔を上げた。

「蔦屋、ありがとう。心からの礼を言うぞ！」

蔦屋、そして勇助に向き合う朋誠堂の顔には満面の笑みが浮かんでいた。

8

大川沿いの土手を、勇助は軽い足取りで進んだ。

川沿いの風は冷たく、耳も手足の指先もかじかんでいた。

だが陽の光がきらきら輝く水面《みなも》は美しく、勇助の心は温かかった。

「朋誠堂先生に喜んでいただけてよかったですね」

勇助は己の口から出た、あまりにも幼い響きにひやりとした。

いつの間にか、まるで実の父と歩いているような心持ちになっていた。

「ああ、そうだな」

幸い蔦屋は、勇助の馴れ馴れしい口調を意に介した様子はない。

強く吹いた冷たい風に、「おお、冷てえや」と身を縮めてみせた。

「『景清百人一首』の下の巻が出来上がるのが、楽しみですね」

「ひとたび朋誠堂が書くって言ったら、あっという間さ。十日も、いや三日も要《い》らねえかもしれねえな」

蔦屋の口調も綻んで聞こえた。

「お力になれてよかったです」

勇助は得意な心持ちでにっこり笑った。

仕事がうまく運ぶというのは、これほど面白いことなのだと初めて知った。

「おい、勇助。ここで一休みしていくか」

蔦屋がふいに足を止めた。

大川の流れを望む、土手の枯れ草の上に腰を落とす。

「一休みですか？　は、はい」

一刻も早くこの冷たい風の吹きすさぶ土手からは離れたいと思っていたが。

蔦屋がそう言うなら仕方ない。

もしかすると、勇助の本屋の才について語り、存分に褒めてくれるつもりなのかもしれない。

そんな甘い予感に、勇助は素直に蔦屋の横に座った。

蔦屋が大川の流れを見つめながら訊《き》いた。

「勇助、お前は物書きになりたかったのか？」

勇助の動きも、息も、心ノ臓も、すべてがぴたりと止まった。

「ま、ま、まさか。そんなことは決してありません」

続いて、止まっていた心ノ臓が破鐘《われがね》のように鳴る。

滝のような汗が溢れ出した。

息が浅い。頰がかっと熱くなった。

「『景清百人一首』の件で、そう思われたのでしょうか？　あれは、違います。あくまでも本屋として、どうやって朋誠堂先生の力になれるかと知恵を絞った末の……」

「手前ならば、この物語をもっと上手く書ける。書きたくねえんだったら俺に書かせろ。そう思ったんじゃねえんだな？」

蔦屋が睨みつけるように鋭い目で、勇助の目の奥を覗《のぞ》き込む。

「まさか！　そんなことは決してございません」

勇助は「ははは」と大仰《おおぎょう》な乾いた笑いを漏らした。

「ここは少しも笑うところじゃねえぞ」

蔦屋に低い声で言われて、慌てて顔を引き締める。

口を一文字にしっかり閉じた途端、どんよりとした暗い雲が己の胸の内に広がるような気がした。

「私は、本屋の倅《せがれ》です。旦那さんもご存じのとおり、幼い頃から、本に囲まれて育ちました。ですが、己の手で物語を書こうなんて、生まれてから一度も、考えたこともございません」

途切れ途切れに、ゆっくりと言った。

額から大粒の汗が一粒、ぽたりと落ちた。

「そうか、ならいい。今日は――」

蔦屋が勢いよく息を吐くと同時に、何とも優しい顔をしてみせた。

「お前に、商売人の顔の作り方を教えてやろう」

「へっ？」

急に話が飛んだ。

勇助は一気に汗が引く思いで蔦屋に向き合った。

「商売人ってのは、舞台の上の役者と同じさ。舞台の上に立った役者は、誰も手前に注目してねえはずのそのときだって、決して顔を緩めちゃいけねえ。どんなときでも、手前の一挙一動すべて役に入り込み、気を抜くことは決してねえんだ」

「それじゃあ、旦那さんは素のままの己でいるときはないのですか？」

「少なくとも、金が動く場でぼんやり気が抜けた面《つら》をしたことは一度もねえな」

蔦屋が苦笑いを浮かべた。

「おい、勇助、今ここで笑ってみせろ」

「こ、こうですか？」

勇助は戸惑いながらもぎこちない笑みを浮かべた。

その頬を、蔦屋が人差し指で勢いよく突く。

「いてっ」

驚いて飛び退《の》いた勇助の顔を、蔦屋は覗き込んだ。

「その痛みを覚えておけ。気が抜けた面ってのは柔いんだ。意地悪な奴にいきなりこうして突かれたら、うんと痛えだろう？　商売人ってのはな、常に顔を引き締めて、たとえ笑顔のときでも突いてくる指を跳ね返すくらい、面の皮をうんと厚くしていなくちゃいけねえのさ。試しにやってみろ」

「こ、こうですか？」

――面の皮をうんと厚くする。

勇助は蔦屋の言葉を胸の中で繰り返し、奥歯を嚙《か》み締めた。

蔦屋が勇助の顔を指先でぴんと弾く。

頬に痛みが走る。しかし奥歯を嚙んで力を込めた顔の筋のおかげで、痛みはほとんど感じない。

「そうだ、その調子だ。なかなか筋がいいな」

「もうやめてください。痛いのは苦手です」

勇助が慌てて顔を背けると、蔦屋が「おっと、悪かったな」と笑った。

「しかし今時の奴ってのは面白えくらい、手前の思っていることをぽんぽん話すもんだな。俺が若い頃にゃ、目上の奴はみんな恐ろしくて一言も言い返せやしなかったぜ」

「……」

どう答えて良いかわからず、勇助は黙り込んだ。

「そんな顔をすんな。生意気な若い奴のことを、面白え、って思えなくなっちまったら商売人としておしまいだ。お前には助かっているさ」

蔦屋は立ち上がると、尻に付いた枯草をぽんと叩いた。

9

――面の皮をうんと厚くする。たとえ笑顔のときでも、突いてくる指を跳ね返すくらい。

勇助は鍋から立ち上る膠《にかわ》の臭いに顔を顰《しか》めつつ、蔦屋の言った言葉を胸で唱えていた。

今日、勇助が命じられたのは、裏庭に面した作業場での礬水《どうさ》引きと呼ばれる仕事だ。

礬水引きとは、版画を摺る前の紙に膠と明礬《みようばん》を混ぜた礬水液を塗って乾かすことで、絵の具の滲みを防ぐ工程だ。

淡い黄色の乾いた棒状の膠は、一見するとまるで寒天のようだ。

それを湯で煮出して冷やすと、ちょうど寒天と同じように弾力を持って固まる。

だが膠が寒天と違うところはその臭いだ。獣の皮や腱《けん》を煮出して作った膠は、鼻が曲がるような強い獣の臭いを放つ。

「よし、そろそろだな」

勇助は、庭木の向こうに広がる空に目を向けた。

いかにも冬らしい、灰色の曇り空だ。

次に、壁に貼られた古びた紙に書かれた表に目を凝らす。

「ええっと、〝冬〟の〝曇り空〟っと……」

表は春、夏、秋、冬の四つの季節で分けられている。それぞれの季節ごとに、さらに晴れ、曇り、雨、と、三つの天気に分かれ、その時季に最適な礬水を作るための膠と明礬の分量の配合が書かれていた。

匙《さじ》で掬《すく》って決まった分量の明礬を入れると、喉が焼けるような強い臭いがいくらか和《やわ》らいだ。

次は、鍋を庭に出して冷気に晒《さら》し、固まらないように混ぜながら冷ます工程だ。

勇助が湯気の立つ鍋を手に庭に出たそのとき、作業場の入り口で正蔵と出くわした。

勇助の身体がびくりと強張《こわば》った。耳の奥で心ノ臓が激しく鳴る音が聞こえた。

正蔵を見るといつもこうなる。

勇助自身には計り知れない理由で、激しい憎しみの炎を燃やしてくる相手。隙あらば勇助のことを傷つけ、恥を掻かせようと狙っている相手だ。

「しょ、正蔵兄さん、失礼いたします」

震える早口でそう言って、急いで脇をすり抜けようとした。

「あ……」

珍しく正蔵が目を泳がせた。どこか決まり悪そうな顔だ。

今まさに、作業場の勇助の様子を窺おうとしていたところに違いない。

普段の正蔵とは違ったものを感じた勇助が、怪訝な心持ちで正蔵の顔を見上げたそのとき、正蔵の顔に普段の憎しみが戻ってくる様子がはっきりと見えた。

正蔵の顔に不敵な笑みが浮かぶ。

「おっと、済まねえな」

正蔵が勇助に体当たりをした。

「うわっ！」

鍋の中身が激しく跳ねた。

ぶちまけてしまわないようにと必死で体勢を立て直したら、熱い礬水が両手の甲にかかった。

ぎゃっと悲鳴を上げたくなるような熱さと痛みに、思わず鍋を放り出しそうになる。

ほんの刹那のことだった。

稲妻のような怒りが勇助の身体を通り抜けた。

どうせ台無しになってしまうところだったのならば、この中身を正蔵に頭からぶちまけてやろうか。

正蔵に、俺がこれまで覚えた痛みをすべて集めたような痛みと苦しみを与えてやるならそれは今だ。

勇助は奥歯を嚙み締めて正蔵を睨みつけた。

その顔に向かって、今まさに鍋の中身をぶちまけようとしたそのとき——。

己の恐ろしさに、身体の芯がぞくりと震えた。

「止《や》めてください！　礬水が無駄になってしまいます！」

代わりにとんでもなく大きな声が出た。

隣の家の中にいても聞こえるような、近所じゅうに響き渡るような大声だ。

「これは、私が朝から手間をかけて作った礬水です！　正蔵兄さんの嫌がらせで、すべてを駄目にしてしまうわけにはいきません！」

勇助は大声で、正蔵をきっと睨みつけてにじり寄った。

鍋から立ち上がる湯気の向こうで、正蔵は呆気に取られた様子でぽかんと口を開けている。

――これが旦那さんの言った、気の抜けた顔だ。

そう気付いた勇助は、己の顔じゅうにぐっと力を込めた。

「先日、部屋の前に破片を撒いたのも、正蔵兄さんですね！　いったいどうして、こんな子供じみた真似をするのですか！」

「や、やめろ……」

正蔵が狼狽《ろうばい》した顔で周囲を見回した。

はっと気付いた。勇助の大声で、お文を始めとする耕書堂じゅうの者たちが怪訝な顔で庭に集まってきていた。

「勇助、その手、火傷《やけど》をしたのかい？　真っ赤になっているじゃないか。すぐに冷やさなくちゃいけないよ」

お文が澄んだ声で割って入った。

「正蔵はもうお行き。あんたは、いくらでもやることがあるだろう?」

「へ、へい」

どこか萎れた顔をした正蔵は、お文に言われて素直に立ち去った。

「孫助《まごすけ》、私は勇助の手当てをしてやらなくちゃいけないからね。勇助の仕事を代わっておやり」

「へいっ」

脇を通るときに、孫助が勇助の顔をじっと見上げた。

勇助はどんな表情を浮かべて良いやらわからず、ただ孫助を見返す。己がずいぶん荒い息をしていることに気付いた。

二階のお文の部屋に連れていかれた勇助は、お文に言われるままに、氷のように冷たい水の注がれた桶《おけ》に両手を浸した。

「もう、熱は引きました。平気です」

両手を水に浸していると、冷たさがそこから身体中に染み渡る気がした。

「余計な口出しをするんじゃないよ。この年まで女をやってりゃ、火傷の手当てには慣れているさ。これは熱いから冷やしているんじゃないんだよ、火傷を止めるために冷やしているのさ」

「火傷ってのは、その場でとことん冷やして動きを止めておかないと、まるで毒のようにじわじわと少しずつ肉に染み渡っていくのさ」

――毒のようにじわじわと少しずつ肉に染み渡っていく。

どこか物語の中の表現を思わせるお文の言い回しに、勇助はぞっとした。

冷たい水の中で、赤く色が変わった両手の甲を恐る恐る見つめる。

揺れる水越しの手は、子供の手のように小さく見えた。

「正蔵は、うんと仕事のできる子だよ。あれほど気が回って、あれほど要領良く仕事をこなす子は見たことがないさ。旦那さんも私も、次の番頭《ばんとう》は正蔵以外にいないと思っているよ」

お文がさほど年の変わらない正蔵を〝子〟と言い表すことで、かえって僅かな忖《そん》度《たく》もなくそうとしているのだとわかった。

「うちの前の番頭がどうして辞めたか聞いたかい？」

「いいえ」

勇助は首を振った。

確かにこの耕書堂には番頭がいない。

「金を持ち逃げしたのさ。何でもできる、やってのける、商売の才のある何とも便利な男でね。旦那さんは、手前の便利に動いてくれることと、その相手を信じられる、ってことを履き違えちまったんだろうね。まあ、あの人だって人の子だから、痛い目を見なくちゃわからないこともあるさ」

とんでもないことを言っているはずなのに、お文は何とも可笑しそうにくすくすと笑う。

「正蔵は、前の番頭にずいぶんよく懐いていたんだよ。前の番頭を見習って、旦那さんに言われたことを、とにかく確実に素早くやり遂げて、決して逆らわず、旦那さんにとっていなくてはならないほど便利な相手になろうと躍起《やっき》になっていたのさ。けれど、その番頭が裏切って消えちまったとなったら、正蔵にとってはこれから耕書堂で何を目指していけばいいのかわからない。相当堪《こた》えただろうね」

「そこへ、私が入ってきたということですね……」

その上旦那さんは、本気か冗談か知らないが、いきなり現れた新参者《しんざんもの》を養子にする、つまり跡取りにするなんて言い出した。

勇助は密かにため息をついた。

「正蔵があんたを目の敵《かたき》にする理由が、少しはわかったかい？」

「いいえ」

勇助が即座に言うとお文は目を丸くした。

「私にはちっともわかりません。正蔵兄さんが憎むべきなのは、前の番頭と……」

「うちの人、ってことだね。確かにあんたの言うとおりさ」

お文がぷっと噴き出した。

「けどね、人ってのは、みんな弱っちいもんだからね。手前より強い者を憎む勇気のある奴はそうそういないさ。勝てない相手を憎んでいると、常に負け続けなくちゃいけないからね。手前よりも弱い者を憎んでいるほうがうんと楽なのさ」

「ならば、正蔵兄さんは、楽をしているだけですね。そんな怠け者に、耕書堂の番頭にふさわしい器があるとは思えません」

勇助は眉を顰めた。子供のように勢いよく首を横に振る。

お文のおかげで、正蔵が執拗に己を憎む理由がわかった。これまで意味のわからない悪意としか思えなかった正蔵の行動に、ようやく合点が行った。

だからこそ勇助は、決して負けたくないと思った。

同じ血の通った人同士だからこそ、弱気に振り回されている正蔵に腹が立った。

「まあ、確かにそう言われてみればそうかもしれないね」

お文はいかにも可笑しそうにころころ笑った。

10

朋誠堂が五十間道に現れたのは、蔦屋と勇助が詫びに出向いてから僅か三日後だった。

「これはこれは、朋誠堂さま直々に草稿をお届けいただけるなんて、まるで夢のようでございます」

蔦屋が平身低頭《へいしんていとう》して店先に出迎えた。

「すぐに蔦屋に読んでもらいたくて、居ても立ってもいられなくてな」

今日の朋誠堂の顔は桃色に輝いて見える。

己の仕事を成し遂げた男の、自負に満ちた顔つきだ。背筋もしゃんと伸びて所作《しょさ》にも腰が据わっている。さすがの侍らしい風格が漂う。

「楽しみに読ませていただきます」

蔦屋が涙ぐんだ目をして、草稿を胸に抱き締めた。

決して紙に皺が寄らないように注意しながらも、愛おしくてたまらないように草稿をひしと胸に抱く蔦屋の姿に、勇助も胸に熱いものが込み上げた。

——俺の考えたあらすじが、朋誠堂先生の手によって血が湧き立つような物語となったんだ。

早く読みたくてたまらなかった。

「勇助といったな」

朋誠堂が勇助に向き合った。

「はい、以後、お見知りおきを」

——これから先も、朋誠堂先生が物語を作るために、いくらでもお力になります。

勇助は目を輝かせて朋誠堂を見つめた。

「『景清百人一首』を終わりまで書くことができたのは、お前のお陰だ。心からの礼を言うぞ！」

「とんでもございません」

勇助の胸の中に、ぽつっぽつっと呑気《のんき》で可憐《かれん》な花が咲いた。

「何か、私が力になれることはあるか？　何でも言ってくれ」

朋誠堂が蔦屋に訊いた。

待ち構えていた様子の蔦屋が、哀れな犬のような顔をして、おずおずと言った。

「ははっ。もしもお許しいただけるようでしたら、先だってよりお話しさせていただいておりました、北尾の政演殿へのお口添えをお願いできませんでしょうか。政演殿は、たいそうな人嫌いと伺っております。ですが、ほかならぬ朋誠堂さまのお口添えならば……」

「あいわかった。任せておけ！」

朋誠堂が朗々とした声で応えながら頷いた。

――やった。

勇助は密かに拳を握り締めた。

朋誠堂に草稿を終わりまで書かせ、その上、北尾政演への口添えまで頼むことができた。

災い転じて福となす、どころではない。勇助がこの耕書堂で蔦屋から直に命じられた初めての仕事は、これ以上ない大成功だ。

上機嫌で帰っていく朋誠堂の背が見えなくなるまで、蔦屋と二人、幾度も深々と頭を下げて見送った。

「勇助、この草稿を読みたくてたまらねえって面をしてやがるな」

「もちろんですとも。私のあらすじが朋誠堂先生の手で物語になるなんて、夢のようです……」

勇助は上ずった声で言った。

「読んでみな」

蔦屋が胸に抱いていた紙の束を差し出した。

「私が……ですか？　旦那さんが先ではないのですか？」

作家の今まさに出来立ての草稿を、主人の蔦屋より先に読むことができるなんて考えてもいなかった。

「いいんだ。お前が先に読みな」

蔦屋が草稿を勇助の胸にぐいっと押し付ける。

「わかりました。ありがとうございます！」

「いいってことよ。この草稿ができたのは、お前のお陰だからな」

蔦屋は勇助の目を捉えるようにまっすぐに見据えてから、にやりと笑った。

勇助は縁側に腰かけて草稿を開いた。

書き殴るような汚い字に最初は戸惑う。

――ええっと、この字がこれで、この字が……。

胸の中で声を出して読んでいたものが、ある刹那に頭の中でかちりと繋がる。それからは言葉の波が意味を越え、ひとつの光景となって胸に押し寄せた。

ごくりと音を立てて、生唾を呑み込んだ。

勇助は草稿を捲る。

冷たい汗が一筋、こめかみを伝った。

「嘘、嘘だろう……」

喉仏が震える。

「まさか、そんな……」

指先が冷え切って力が入らない。

最後の一枚を読み終えたときには、すっかり血の気が引いて目の前が真っ白に見えた。

「読み終わったか？」

待ち構えていたように背後から蔦屋の声がした。

「はい、読み終わりました」

勇助の声はひどくかすれていた。

「それで、どうだった？」

勇助は眉を八の字に下げて蔦屋を見つめた。

今にも泣き出しそうだった。

「この物語は、私のあらすじとはまったく違うものです」

朋誠堂が書いた『景清百人一首』の下の巻は、人物から話の運びまで、勇助が考えたあらすじとはまったくもって似ても似つかないものだった。

「面白かったか？」

勇助は俯いた。

鼻の奥に涙の味を感じた。

「はい。面白かったです。途方もなく面白い物語でした」

「つまらねえ物語のあらすじを見せられたお陰で、己の筆を見せつけてぶちのめしてやろうって、俄然《がぜん》やる気になってくれたみてえだな」

勇助はひっと声を上げた。

――つまらねえ物語のあらすじ。

勇助は、急に火がついたように熱くなった頬を押さえた。居ても立ってもいられないような、たまらない恥ずかしさに襲われた。

——俺は朋誠堂先生に、なんて失礼なことをしてしまったんだろう。

「朋誠堂先生……」

——お前のお陰だ。心からの礼を言うぞ！

勇助に向かって爽やかにそう言った、朋誠堂の姿を思い出す。

あのときの朋誠堂は、腸《はらわた》が煮えくり返るような気持ちだったのかもしれない。

「作家なんて、みんなそんなもんさ。どいつもこいつも根性がひん曲がった頭のおかしい奴らさ。まともな奴なんてどこにもいやしねえ。いい学びになったな」

蔦屋は勇助の背をぽん、と叩《はた》くと、「どれ、貸してみろ」と、勇助の手の中にあった草稿を目を輝かせて引《ひ》っ手繰《たく》った。

第三章

1

北尾政演《きたおまさのぶ》の住まいは、江戸城紅葉山《もみじやま》の東、京橋《きょうばし》のたもとにあった。

「政演？　絵師？　ああ、京橋の伝蔵《でんぞう》のことか。奴の家ならこの奥だよ」

勇助《ゆうすけ》は近所の人に道を聞きつつ、蔦屋《つたや》に伴われて政演のところへ向かう。

今日は、いつにも増して寒さが身に染みる日だ。乾いた冷たい風のせいで、頰《ほお》が粉を吹き唇がひび割れていた。

だが晴れ渡った青空には、雲一つない。

——上手くいくぞ。きっと上手くいくさ。

朋誠堂《ほうせいどう》との一件以降、すっかり意気《いき》消沈《しょうちん》していた勇助だったが、頭上の色鮮やかな青空をちらちらと見上げつつ、どうにか己《おのれ》に言い聞かせた。

「やあ、蔦屋さんか」

身を屈《かが》めて通りの掃き掃除をしていた男が、こちらに向かって手を上げた。

「これはこれは、政演さま！」

勇助は、おやっと思った。

政演はまだ若い。落ち着いた物腰だが、二十をいくつか過ぎたくらいだろう。そして勇助が想像していたよりもはるかにまともそうな男だった。

昨夜、蔦屋から北尾政演という男について聞かされた。

北尾政演とは、深川《ふかがわ》生まれの本名は岩瀬醒《いわせさむる》という男だ。父親は質屋の岩瀬伝左衛門《でんざえもん》。父親に連れられて、幼い頃から深川七場所と呼ばれる岡場所《おかばしょ》に出入りしていた遊び人だという。

京橋に移り住んでからは、若くして絵師の北尾重政《しげまさ》の元に弟子入りをした。者張堂少通遍人《しゃちょうどうしょうつうへんじん》の書いた黄表紙《きびょうし》『開帳利益札遊合《かいちょうりやくのめくりあい》』の挿絵で絵師として名を上げ、以降はお江戸で大いに評判となった黄表紙の挿絵をいくつも手掛けている。

実は政演は絵師として世に出たのと同じ頃に、紅葉山の東、京橋の伝蔵、をもじった山東京伝《さんとうきょうでん》という筆名《ひつめい》で、作者として『娘敵討古郷錦《むすめかたきうちこきょうのにしき》』という本を書いていた。

だがそちらのほうは少しも評判にはならず、政演はそれ以来すっかり自信をなくしている様子だ。

「良い天気だね」

「そのとおりでございますね。雲一つない良いお天気でございます」

二人の男は冷たい風に目を細めつつ、空を見上げる。

「朋誠堂から文をもらったよ。今日は私を訪ねてくれたようだね」

政演は眉を下げて困ったような顔で笑った。妙に人懐こい笑みだ。

「そのとおりでございます。お忙しいとは存じますが、どうかお話だけでも……」

「少しも忙しくなんかないさ。暇すぎて道の掃き掃除を始めちまったくらいだからね。何の用だい？」

政演が蔦屋に向き合った。

「物語の件でございます。政演さまの筆で、どうか物語をお書きいただけないでしょうか、というお願いに参りました」

蔦屋が深々と頭を下げたので、勇助も慌ててそれに倣《なら》う。

「私は絵師だよ。物語なんて書けないさ」

政演が申し訳なさそうに言った。

「政演さまの筆で描き出される物語は、その絵と同じようにお江戸の読み手を魅了するに違いありません」

「嬉しいことを言ってくれるね」

政演はひょいと肩を竦《すく》めてみせた。

「蔦屋がそれほど言ってくれるならば、いずれぜひやってみたいと思うよ」

少しも力むことなくそう言った。

「やる気になったら、こちらから声を掛けるからね。その際は、ぜひよろしく頼むよ」

「もちろんでございます。もしよろしければ――」

政演が蔦屋の言葉を遮《さえぎ》った。

「そうかい！　そう言ってもらえると嬉しいね。心強いさ。実を言うと、私自身も、もう一度物語を書いてみたいと思っていてね。蔦屋が力添えをしてくれるなら、百人力さ。それじゃあ、機が熟したら必ず声を掛けるからね。少しだけ待っていておくれよ」

政演は念を押すようにそう言った。

2

政演は通りの向こうに蔦屋と勇助の姿が消えるまで、こちらに手を振って見送ってくれた。

「政演さん、良い人でしたね。それに無事に上手くいきましたね！」

角を曲がってすぐに勇助は囁《ささや》いた。わざと明るい声を出す。

こんなにあっさり上手くいくなんて、なんだかおかしい。

朋誠堂の件で心がぺしゃんこになって以来、そんな勘は働くようになっていた。

「いい奴なもんか」

蔦屋が吐き捨てた。

「どうしてそう思われるのですか？」

そう、まさにそれを聞きたかったのだ。勇助は身を乗り出す。

決して政演に嫌な対応をされたわけではない。なのに胸に広がるこの薄暗い靄《もや》は
いったい何なのだろう。

蔦屋がにやりと笑った。

「勇助、俺は前に、作家ってのは頭がおかしい奴ばかりって言ったな？」

「はい。伺いました。ですが今日の北尾政演さんは、まったく違います」

あばら家で女のなりをした恋川春町《こいかわはるまち》の姿が、勇助の脳裏《のうり》に浮かぶ。

「けどな、お前がこれまで見た作家ってのは、みんな正直なのさ。己の胸の内に正

直すぎて何も取り繕《つくろ》えねえから、あんな奇妙な奴らになっちまったんだ」

「朋誠堂先生も、正直、ということですか……」

――お前のお陰だ。心からの礼を言うぞ！

勇助の書いたあらすじとはまったく違う草稿を渡したときの、朋誠堂の笑顔が勇助の胸に蘇《よみがえ》る。

「あれは朋誠堂の本心だよ。手前《てめえ》の本が書き上がったのが嬉しすぎて、お前があの草稿を読んでどう思うかなんてのは、一切頭の中から飛んじまっているのさ。正直すぎてのあの言葉さ」

「それじゃあ、今日の政演さんの姿は……」

「うんざりしちまうくらい、まともだろう？　まるで手前が描いた〝まともな奴〟を芝居で演じているみてえだ」

「政演さんは、少しもこちらに心を開いてくれていないということですね」

「そうさ。まともなはずがねえのに、どこまでもまともな風を装う。あれは面倒な奴だよ。『俺は物語なんて書きたくねえんだ！』って声を荒《あら》らげて追っ払われたほうが、まだ見込みがあるさ」

「つまり、政演さんはまったくもって物語を書く気なんてないってことですか？」

「ああ、そうさ。その証拠に、あいつは決して俺に月日の約束をさせなかっただろう? あんなふうに乗り気な様子で、『機が熟したら』『こちらから』声を掛けるって言い切られちまったら、ぼんくらな版元だったら一生待ちぼうけさ」

「旦那さんは、そんなぼんくらな版元ではありませんよね?」

勇助が期待を込めて訊《き》くと、蔦屋は「おう」と、ほんの刹那《せつな》だけ決まり悪そうな顔をした。

「ああ、もちろんさ!」

すぐに気を取り直したような顔で、胸を張る。

「では、これからどういたしましょう?」

「しばらくは勇助、お前が役に立つぞ」

「私が、ですか?」

勇助は己の鼻先を指さした。

海千山千の蔦屋が「面倒な奴」と評する政演を、己が説得する自信はまったくない。

「私にそれほどの大役が務まるのでしょうか?」

勇助は恐る恐る訊いた。

「ああ、お前じゃなくちゃいけねえんだ」

蔦屋が大きく頷《うなず》いた。

「だ、旦那さんがそれほどまで仰《おつしや》るようでしたら……」

勇助は頬を緩めた。

明らかに荷が重すぎるとわかっていても、こんなふうに期待をされるのは嬉しいものだ。

「では私は、何をすればよろしいでしょうか？」

「明日から毎日一度、必ず政演のところへ行って『物語は、いつ頃書いていただけますか？』と訊いてこい」

「毎日一度、必ず京橋に出向くのですか？」

勇助は目を丸くした。

「いや、政演がいつも家にいるとは限らねえぜ。あいつは廓《くるわ》ぐるいで有名なんだ。お前はこれからひたすらずっと、毎日欠かさず、必ず政演の居所を突き止めて、ただ一言『物語は、いつ頃書いていただけますか？』と訊いてくるんだ」

毎日欠かさず、必ず政演の居所を突き止める。

そして毎回決まった一言、『物語は、いつ頃書いていただけますか？』と告げる。

聞いただけで、政演が相当鬱陶《うっとう》しく思う心持ちが想像できた。早晩に、政演のあのそつのない人当たりの好《よ》い顔が、迷惑そうなものに変わるに違いない。

ふいに勇助の背をぞくりと冷たいものが走った。

――見てみたい。政演があの〝まともな〟面《つら》を脱ぎ捨てるところが見たい。

「なんだ、いきなり黙り込んで。嫌なのか？」

蔦屋が冷めた目で訊いた。

「いいえ！　全力で奮闘させていただきます！」

勇助は大きく首を横に振ると、奥歯をぐっと噛《か》み締めた。

3

蔦屋の言いつけどおりの政演への日参は、初日から躓《つまず》いた。

うんと朝早くに出向いたのに、京橋の政演の家はもぬけの殻だった。

「つかぬことをお伺いしますが、こちらにお住まいの政演――いえいえ、伝蔵さんの行方をご存じないでしょうか？」

日課の墓参りにでも出たのかもしれない。

そう思って勇助は近所の長屋のお内儀《ないぎ》に声を掛けてみた。

「伝蔵に用があるのかい？　それはお気の毒に。残念だけれど、伝蔵がこの家に戻るのは月に二、三日がいいところさ」

「えっ？　ということは別の家があるということでしょうか？」

この家は絵師の仕事の作業場だったという意味か、はたまたその反対で、普段の政演は別の作業場に籠《こも》って仕事をしているのだろうか。

「廓ぐるいだよ。古今東西、あれほどの廓ぐるいってのはそうそういないさ。いくら質屋の息子といったって、いったいどこからあんな金子《きんす》が湧いてくるんだろうねえ」

お内儀は声を潜めてそう言った。

「廓ぐるい……」

確かに蔦屋から、政演は相当な遊び人だと聞いていた。

だが、昨日のあまりにもまともそうな政演の姿を見て、そんな言葉はすっぽり抜け落ちていた。

家に戻るのが月に二、三日ということなら、昨日政演を捕まえることができたのは、偶然とは思えない。

いったい朋誠堂はどんな口利きをしてくれたのかと訝《いぶか》しく思ったが、朋誠堂はきちんと約束を果たして、政演と蔦屋が出会う手はずを整えてくれたのだ。

勇助が吉原大門《よしわらおおもん》の耕書堂《こうしょどう》に駆け戻ると、蔦屋が帳場で見本を確かめていた。

「旦那さん、たいへんです。政演さんは廓に泊まってほとんど京橋の家に帰らないということです」

蔦屋が顔を上げた。

「そうかい。なら、しっかり奮闘してきな」

しばしの沈黙が訪れた。

「だ、旦那さん、どこか政演さんが行きそうな見世《みせ》を知りませんか?」

そして妓楼《ぎろう》の主人に話を通してもらえないだろうか。

蔦屋の顔の広さならば、そのくらいできないはずがない。

「政演は廓ぐるいだって言っただろう? 馴染《なじ》みの見世はそれこそ腐るほどある。今日、どこの見世に上がっているかなんて、そんなのはわかりゃしねえさ」

「それじゃあ……」

「それを探してくるのがお前の仕事だ」

蔦屋が何とも優し気な笑みを浮かべた。しかし目は少しも笑っていない。

「吉原には、大小とんでもない数の見世があります。少しでいいので手がかりをいただけませんか」

「俺はお前への意地悪で言っているわけじゃねえんだ。今日どこに政演がいるのか、ほんとうにわからねえんだ」

「……」

勇助はしばらく黙り込んだ。

「わかりました。今から政演さんを探して参ります」

「よろしく頼んだよ」

蔦屋の呑気《のんき》な声に見送られて、勇助は表に出た。

――さて。どうしたもんか。

朝の廓から漂う香《こう》の匂いに、勇助は眉を顰《ひそ》めた。

いくら懇意《こんい》にしている耕書堂の奉公人だといっても、遊女と二階に上がった客に会いたい、それも相手に煙たがられているとわかる頼みごとをしに行きたい、なんて妓楼の主人に正面から頼んで許されるはずがない。

妓楼というのは、そんな憂き世の面倒ごとを忘れて楽しむ場所のはずだ。

顎《あご》に手を当ててしばらく考え込んでいると、店の裏でごとん、と何かが落ちる音がした。

さほど響くことのない小さな音だ。

だが勇助は何かを感じて店の裏に回った。あれは紙の音だ。

耕書堂で、地面に落として良い紙なぞどこにもない。

怪訝《けげん》に思って覗《のぞ》き込むと、作業場の入り口で、孫助《まごすけ》が散らばった紙を前に頭が真っ白になった様子で立ち竦んでいた。

外折りにした紙を本の順番に並べる、丁合《ちょうあい》という作業を終えたばかりだったに違いない。これではすべて最初からやり直しだ。

「孫助さん」

己の失敗を人に見られたくない気持ちは痛いほどわかる。勇助は誰にも聞こえないような小さな声で囁いた。

孫助がびくりと身を震わせ、振り返った。

今にも泣きべそをかきそうな顔つきだ。その顔を見たら、ふいに妹のおとしが幼かった頃を思い出した。

「あっ……」

孫助が目を泳がせた。

「お手伝いいたします」

孫助の返事を待たず、勇助は散らばった紙を素早く拾い集めた。

「二人でやればすぐに終わります」

勇助は半ば強引に紙の束を半分受け取り、順番どおりに並べ直した。

「……ありがとう」

孫助は周囲を気にしながら、蚊が鳴くような声で礼を言った。

「とんでもございません」

勇助も負けず劣らず小さな声で囁く。

孫助がほんの刹那だけ、子供の顔でにこりと笑った。

「もう、お前の持ち場に戻っていいよ。早くしないとまた正蔵《しょうぞう》にやられるよ。……おっと、そうか、もう正蔵にぶちのめされることはなくなったんだね」

「どういうことでしょう？」

勇助は首を捻《ひね》った。

「このところ正蔵は、勇助に手出しをしなくなっただろう？」

朋誠堂との一件に気を取られていたが、言われてみれば確かにそのとおりだ。

「おかみさんが、正蔵に言ってくれたのさ。『今度あの子に手を出したら、いくらあんたでも承知しないよ』ってね。あんなおっかないおかみさんを見たのは、初めてさ」

「えっ？」

正蔵に突き飛ばされて負った火傷《やけど》の手当てをしてくれたときの、お文《ふみ》の姿を思い出す。

あのときのお文は、奉公人同士の揉《も》め事を、一線を引いて遠くから眺《なが》めているように見えた。

それがまさか正蔵に、直接忠言をしてくれていたなんて。

「おかみさんが、どうして……」

ふいに示されたお文の親切に、勇助は困惑を隠せず呟《つぶや》いた。

「おいらは知らないさ」

どこか拗《す》ねたような孫助の口調に、勇助は慌てて「それはそうと」と取り繕う。

新入りの勇助が理由もなく蔦屋夫婦に目を掛けられているという話は、孫助にだって楽しいはずがない。

「今日は旦那さんから用事を頼まれて、これから吉原の中へ向かうところだったんです。とはいっても、どこへ向かったら良いやら……」

　勇助は頭を掻《か》いた。

「用事って何だい？」

「北尾政演さんという絵師を探してこなくちゃいけないんです。それも、これから毎日になります」

　勇助が詳しく事情を説明すると、孫助は「へえ」と頷いた。

「今日の政演の居場所を探るってんなら、そんなのは簡単さ。おいらがひとっ走り行って、顔見知りの小僧連中に訊いて回ればいいからね」

「あ、ありがたいお言葉を……」

　助かった！　と胸の内で叫びたい気持ちで、勇助は平身低頭《へいしんていとう》した。

「でも、そんなのを毎日なんてやれやしないさ。そんなんじゃ、勇助じゃなくておいらが働いているのと一緒だろう？　おいらにも仕事があるんだ」

　孫助は冷めた目をしてそう言った。

　勇助はうぐっと唸《うな》る。

　孫助の言うことはもっともだ。

「しかしその政演って絵師は、ずいぶんな金持ちなんだね。月に二、三度しか家に帰らないってことは、その他の日は廓に泊っているってことだろう？　たとえどれほどの金持ちだとしても、そんな暮らしは金がいくらあっても足りやしないさ」

「同じことを、近所のお内儀さんも言っていました」

「近所の人もそう言うってことは、大名屋敷に住んでいるってわけじゃないんだね」

孫助が「ほう」と年寄りのような声を出した。

「ならば、政演の廓ぐるいには、毎回、金を出してくれる金持ちがいるはずだね」

「確かにそうですね！　いったい、それは誰なんでしょう？」

勇助はぽんと膝を叩いた。

「ひとりとは限らないよ。今、お江戸で評判の絵師なら、どんな宴《うたげ》でも顔を出すだけで場が盛り上がるって喜ばれるからね」

「ということは……」

——よしっ！

勇助は胸の中で叫んで、目を輝かせた。

「政演は、日々、どこそこで派手な宴が行われるという噂を聞きつけては、その場に顔を出すという暮らしを続けているってわけですね？」

「うん、そうだね。政演は宴を盛り上げた礼金をたんまり貰って、それで遊び暮らしているはずさ。落ちぶれた役者連中とかが、そんな暮らしをしていると聞いたことがあるよ。きっと絵師も同じさ」

「派手な宴の噂とは、いったいどこへ行けばわかるんでしょう?」

勇助が身を乗り出した。

「それはおいらにはわからないよ。勇助が手前で考えてごらんよ」

「わかりました! ありがとうございます!」

勇助は孫助に心からの礼を言うと、吉原の町へと飛び出した。

4

招いてもいない客が急に増えても、それが玄人《くろうと》好みの絵師ならばかえって喜ぶような、遊び慣れた大金持ちが夜ごと開く宴。

勇助のこれまでの人生とは、最も縁遠い場所とも言えるだろう。

吉原は、とことん人を見る。

いくら勇助が蔦屋の名を携《たずさ》えて訪ねて行ったとしても、下っ端の小僧でさえ、不慣れな青二才に大事な客のことをぺらぺらと喋《しゃべ》るはずがない。

ならば、酒屋、呉服屋、小間物屋、といった吉原に出入りする商売人はどうだろう。

そう思った勇助は、吉原大門に控えて行き交う人々を待ち構えた。

ほどなくして、酒屋が荷車に酒樽をいくつも載せてやってきた。

勇助はこっそり酒屋の後を追いかけた。

「やあ、おはよう」

通りすがりの妓楼の主人が、目を細めて酒屋に挨拶した。

「これはこれは、池田屋《いけだや》さま。後ほど、いちばん良いお酒を届けに伺わせていただきます」

酒屋が幾度も頭を下げた。

「それは嬉しいね。けど、そんなのみんなに言っているんだろう?」

「今日、最初にお顔を合わせた旦那様だけに、そう言うと決めております。嘘偽りはございません。いちばん良いお酒をお届けいたします」

「そうかい、それじゃあ今日は運がいいってことだな。よろしく頼むよ」

「今日はいい日になりそうですな」

笑い合う二人を見て、勇助は急に気持ちが萎《しぼ》んでいくのを感じた。

勇助には、あんなふうにいかにも商売人らしい受け答えはとてもできない。吉原大門の外の酒屋といえども、ここで長年商売を続けて吉原の中の人々と関わっているのだから、中の人間と同じかそれ以上の面の皮の厚さだ。

それこそ勇助なぞ相手にもされないだろう。

――今の俺には、誰かから話を聞き出すなんて無理なのかもしれないぞ。人の心を動かすような気の毒な事情があるとでもいうならまだしも、己の利のため商売のために、あなたの商売で知ったことを教えてくれ、なんて言い草が通用するはずがない。

きびきびと働く酒屋の姿を見ていたら、ようやくそんな当たり前のことに気付いた。

人から話を聞き出すには、己がその恩に報いるだけの力がなくては無理だ。

――ならば、頭を使ってやるしかないのか。

「今日、どの妓楼で大きな宴があるのかを知るには、どうしたらいいんだ……」

吉原大門に戻った勇助は両手で顔を覆った。

大きくため息をつく。

――大掛かりな宴が行われるとき、妓楼の中ではどんな用意をするんだろう。

たった一度大文字屋《だいもんじや》に上がったときのことを思い返してみる。

酒、料理をたくさん用意する。それは当たり前だが、酒屋や仕出し屋を追いかけてひとつひとつの妓楼の荷の量を調べるなんて面倒なことをしていては、一日が潰れてしまう。

他に何か……。

悩み苦しんでいる勇助のところに、慣れ親しんだ強い臭いが漂ってきた。下肥買《しもごえが》いだ。

下肥買いは、「汚穢屋《おわいや》」とも呼ばれ、厠《かわや》の糞尿を買い取って農家へ売る仕事だ。妓楼ごとに小さな厠がいくつもある吉原では、朝のこのくらいの刻《とき》は常にどこかで下肥買いが汲み取りをして、その後に漂う強い臭いを消すための香が焚《た》かれていた。

――そういえば、耕書堂の厠の汲み取りは三日ほど前だったな。

厠の汲み取りは、だいたい決まった間隔でやってくる。

生家で暮らしていた頃、雨が続いていつまでも汚穢屋がやって来なかったことがあった。このままでは長屋の厠が溢《あふ》れてしまう、と、妹が泣きそうになっていたのを思い出す。

――汚穢屋か……！

「おじさん、いつもありがとうございます」

勇助が声を掛けると、汚穢屋は「ん？」と人の好さそうな顔で振り返った。

白髪頭で腰が曲がった、だがしっかりした足腰の老人だ。

女たちが汲み取りのときの臭いを嫌がるせいで、汚穢屋が妓楼の人々と顔を合わせて話す機会はほとんどない。汚穢屋の顔つきは、商売人のぎらついたものとは違う。

「蔦屋の奉公人の勇助です」

「ああ、蔦屋さんだね。今日は好い天気だねえ」

汚穢屋が空を見上げて目を細めた。

「お手伝いします」

勇助は汚穢屋の天秤棒《てんびんぼう》を担いだ。

蓋《ふた》つきの桶《おけ》から強い臭いが漂うが、勇助はうっと鼻息を止めて笑みを浮かべた。

「ええっ？　なんだか済まないねえ」

汚穢屋は驚いた顔をした。

「いいんです。おじさんは私の亡くなった爺さまに似ているんです」

口から出まかせを言ったつもりだったが、よくよく見るとそんな気がしてくる。爺さま、頼んだよ。

うんと幼い頃に別れた朧《おぼろ》げな姿に、胸の中で手を合わせる。

「今日は、どちらに行かれるんですか？」

「角町《すみちょう》の木村屋《きむらや》だよ。今夜は大事な客が来るって話だからね」

――よしっ、やった！

胸の中で呟いて、勇助は続ける。

「大事な客が来る、ってことは、吉原の妓楼ってのは、決まった間隔で汲み取りをするわけじゃないんですか？」

「一応そういう約束にはなっているけれど、吉原ってのは何より金持ちをとことん大事にするからね。大金持ちが大きな宴をするときには、あらかじめ厠を汲み取って綺麗にしておくのさ」

「おじさんはどうやってそれを知るんですか？」

「妓楼に頼まれた使いの者が、今日はあの見世、明日はあの見世って、わしのところに逐一知らせにくるんだ」

「なるほど、そうでしたか」

汚穢屋の動きを調べれば、どの妓楼で大きな宴が行われるのかがわかるのか。

勇助は息を潜めて、何事でもないような顔をして頷いた。

5

「お前、どうしてここに……」

吉原仲之町《なかのちょう》の金粉《きんぷん》が降り注ぐような華やかな賑《にぎ》わいと、羅生門河岸《らしょうもんがし》のうらぶれた雰囲気、そのちょうど境目あたりの角町の外れに、木村屋という小見世があった。

茶屋を通さないと花魁《おいらん》に会えない大見世とは違い、入り口は惣半籬《そうはんまがき》の小ぢんまりした店構えだ。だが、張見世《はりみせ》の遊女たちは、勇助が横目でちらりと見ただけではっとするほど美しい女ばかりが揃《そろ》っているとわかった。

漂う香の匂いも、うっとりするような上等なものだ。

格下の小見世という体《てい》を取りながら、決して貧乏人相手ではない、遊び慣れた通好みのための見世だ。

「蔦屋の奉公人、勇助と申します。主人より申しつけられまして、政演さまにお目にかかることができればと伺いました。ほんの刹那、ほんの刹那だけお話をさせていただけましたらと」

「いったい何の用だい？」

ちょうど木村屋の前で立ち止まったところだった政演は、どこか薄気味悪そうな顔をした。

「物語は、いつ頃書いていただけますでしょうか？」

勇助は政演をまっすぐに見た。

政演がうぐっと唸る。

「……こちらから声を掛けると言ったはずだけれどね」

「それは、だいたいいつ頃になりますでしょうか？」

勇助が身を乗り出すと、政演の眉間に皺《しわ》が寄った。

「それは、いずれ、だ」

政演のこめかみにぐっと力が籠った。

「わかりました。お待ち申し上げております」

よしっ、これが潮時《しおどき》だ。

勇助はあっさり引き下がると、「お邪魔いたしました。失礼いたします」と深々と頭を下げた。

「まったく……」

政演がいかにも迷惑そうに呟くと、ため息をついた。

「いずれだよ、いずれだ」

念を押すように言って、気を取り直したように木村屋の暖簾《のれん》を潜《くぐ》る政演の背中を、勇助はじっと見つめた。

——きっと必ず。

ひとまず今日のところはうまく行った。

五十間道《ごじっけんみち》の耕書堂への帰り道、仲之町の大見世から漏れ聞こえる三味線の音の中で勇助は密かに拳《こぶし》を握り締めた。

6

それから毎日、勇助は妓楼に上がる前の政演を捕まえた。

「物語は、いつ頃書いていただけますでしょうか?」

政演にどんなに嫌な顔をされても、まずは開口一番それを言う。

では今すぐに書き出そう、と言ってもらえるなんて、はなから思ってはいない。日にちの約束をしても意味がないと知っていた。

当然、「こちらから声を掛けると言っただろう」「いずれ、と言ったはずだが」と、のらりくらりとかわされる。

「帰ってくれ！」

「またお前か！　いい加減にしてくれ！」

政演の虫の居所が悪い日は、勇助の顔を見た途端に怒鳴られたこともあった。

――これが、詫《わ》びを入れる口実ができたってことだな。

勇助は胸の中でほくそ笑んで、次の日は「昨日のお詫びに参りました」といつにも増して深々と頭を下げた。

嫌な顔をされて嬉しいはずがなかった。怒鳴られて追い払われたら、気分が悪いのは当たり前だった。

だが身が削られていくような痛みや苦しさは、不思議と感じなかった。

蔦屋の忠言のお陰だった。

勇助は政演の嫌な顔を見たら、奥歯をぐっと嚙み締めた。怒鳴られたら口元を力いっぱい引き締めた。

するとと面の皮が厚くなる。うんと固くなる。少しくらい突かれてもびくともしないくらいに力が張《みなぎ》り、目の前の出来事が〝仕事〟という名の芝居にさえ思えてくるのだ。

そして何より勇助には、政演をいじめよう、苦しめようとしているわけではないという自負があった。

政演に物語を書いてもらいたい、そしてその本はきっと大評判になる、と信じる蔦屋のために、勇助が嫌な役回りを引き受けているのだ。

そう思うと、傍からは嫌がらせのようにも思える日参にも、やる気が張った。

そんな日々を二十日も続けたところで、ついに政演がほんとうの顔をちらりと見せた。

「物語は、いつ頃書いていただけますでしょうか？」

いつもの台詞《せりふ》を言った勇助に、政演が両腕を前で組んで向き合った。

しばらく勇助を睨《にら》んでから、急に背を丸めてため息をついた。

「今日の私は、少々気持ちが弱っている。少しも遊びの気分ではないが、遊ばずには耐えられない心持ちなんだ」

政演の目元には青黒い隈《くま》ができていた。

「お気持ち、よくよくわかります」

初めて政演が、勇助を相手に本音をこぼしているのだと気付いた。

この機を逃すわけにはいかないと、心を込めて頷く。

「丁稚《でっち》に何がわかる？　女遊びに慣れているようには見えないが」

「生家で本を読んでいるとき、私も同じような心持ちでした」

「お前は本屋の息子なのか？」

政演が話に乗ってきた。

「はい、私の亡くなった父は貸本屋《かしほんや》でした」

「でした、ということは……」

「父の店は、もうありません。借金を返すために畳みました」

「ふうん、そうかい。商売の上手い本屋ってのはそうそういない、って話は本当なんだな」

政演がどこか寂しそうな顔をした。

勇助は身を乗り出す。

「悩み事がある夜に行燈《あんどん》の灯で店の本を読みますと、そこに広がる光景にいつまでも浸《ひた》りたくなりました。驚くことに、そうなってしまうと物語が面白いかどうかはもはや関係ないのです。むしろとっくに飽きてしまって、早く切り上げたいと思っているときさえありました。ですが、本を閉じてこの世に戻る勇気がどうしても湧かないのです。身体に毒だとわかっていても、夜を徹して本に浸りたくなるのです」

政演がふっと笑った。

「それが私の廓遊びと同じか」

政演はしばらく黙って、何か考えている様子だった。

「お前は、私に何を書かせたい？」

「それは……」

こんなふうに急に話が進むなんて思っていなかった。

まずは毎日顔を見せて政演に圧をかける。それから改めて、蔦屋に会ってもらえるように仕向けるのが、勇助に命じられた仕事だった。

政演に何を書かせたいか。

そんな大事なことを決めるのは蔦屋に他ならない。己には関わりのない話だと思い込んでいた。

「何を書かせればよいかわからないような相手を、ただ主人に命じられて犬のように執念深《しゅうねんぶか》く追いかけ回していた、ってわけか。余計なことを一切考えず、とにかく言いなりに動く。なかなか使い勝手の良い丁稚だな。うまくやれば、いずれは耕書堂の番頭《ばんとう》になれるやも知れん」

政演の口ぶりから、耕書堂の前の番頭が消えた騒ぎを知っていて、そう嫌味を言ったのがわかった。

ふいに正蔵の顔が浮かんだ。

ただただ蔦屋にとって便利な奉公人になることだけを目指し、憧れていた兄貴分の本心を知って道を迷ってしまった男。

——違う。俺はそんな便利なだけの男になんてならない。手前の頭で考えず、ただ使い勝手が良いだけの奉公人を目指すなんてことはしない。

正蔵に蹴られた腹の打ち身が、鈍く痛んだ。

初めて底意地の悪さをこちらに見せつけた政演は、したり顔で勇助の顔色を窺《うかが》っている。

勇助を追い詰める正蔵を思わせる、実に嫌な目だった。

「——悲劇を」

自《おの》ずと口から言葉が流れ出した。

「私は、政演――先生には、誰もが涙を禁じえないような悲劇を書いていただきたい。そう思っております」

勇助は挑むような目で政演を見た。

「悲劇、か。なぜそう思った？」

「……」

なぜだろう。

勇助は己に問いかけた。

目を見開いて、目の前の政演を見つめ返す。

目元に青黒い隈を拵《こしら》えて、血走った眠そうな目をして、何より厄介に思っていたはずの勇助に、思わず本音をこぼしてしまった政演。

一見まともそうな人物を〝演じて〟いた政演がちらりと見せた弱い姿に驚いた。

この男は、胸の内にこんな危なっかしいものを抱えて生きているのだ。ぜひともその胸に抱えた哀しみを鮮やかな物語として描いて欲しいと思ったのだ。

「そんな顔で睨むな」

政演がふっと笑った。

「わかった、私は悲劇を書く」

「あ、ありがとうございます……」

勇助は天にも昇る心地で深々と頭を下げた。

「通じ合った花魁と客が、周囲に仲を引き裂かれ、すれ違いの末に、泣く泣く別れる悲恋物語だ。読んだ者が皆、涙に咽《むせ》ぶ。悲劇の中の悲劇を書いてみせよう」

「夢のようなお話です」

やった。やったぞ。

勇助は密かに拳を握り締める。

「それと私の悲劇の物語の主人公は、朋誠堂にあやかって團十郎《だんじゅうろう》の似顔絵で描く。蔦屋になるべく早くに会を開くように言ってくれ」

「はいっ！」

勇助は頬が緩むのを抑えられない心持ちで、五十間道へ慌てて飛んで帰った。

7

「ということで、上手くいきました！」

勇助は目を輝かせて蔦屋に報告した。

「旦那さんに、なるべく早くに会を開いて欲しいとのことです。あ、それと、政演先生の物語の主人公は、團十郎の似顔絵で行きたいとのことでした」

「宴には團十郎を呼べってことだな。お安い御用だ」

蔦屋が満足げに頷いた。

「ほんとうに團十郎が来るんですか？」

勇助は目を剝《む》いた。

五代目市川《いちかわ》團十郎は名実ともにお江戸でいちばんの役者だ。宴の賑やかしに呼ばれる落ち目の役者くずれとは話が違う。いくら豪華な宴をやるといっても、そうやすやすと出向いてくれるものだろうか。

「團十郎は〝花道のつらね〟なんだ」

「へっ？」

「〝花道のつらね〟。それが團十郎の狂名さ。團十郎は役者のくせに俳諧《はいかい》だけじゃなく、狂歌も物語も好きでね。〝花道のつらね〟の名で四方赤良《よものあから》の狂歌の会に出入りしているんだ。こっちもいずれ政演との橋渡しをしようと思っていたところだ。向こうから言ってくれたのなら、恩を売るまたとない機会になるぞ」

「狂歌の会、そうでしたか」

つまり、己もあの團十郎に会うことができるのかもしれない。

勇助は高鳴る胸を押さえて頷いた。

「それで、政演はどんな物語を書くって？」

「悲劇を書きたいと仰っていました」

それはこの私が提案をしたのです、と言う隙《すき》を窺いながら、勇助は鼻歌でも歌いたい心持ちで答える。

「悲劇だって？」

蔦屋の動きが止まった。

「どんな筋だか訊いたか？」

「はい。通じ合った花魁と客が、周囲に仲を引き裂かれ、すれ違いの末に、泣く泣く――」

「駄目だ、駄目だっ！」

蔦屋は最後まで聞かずに、大きく首を横に振った。

「そんなのは駄目だ。決してそんなもんを書かせるわけにゃいかねえぞ。絶対に駄目だ！」

「どうしてでしょう？　人気の滑稽話《こっけいばなし》ではありませんが、私にはとても面白そうな話だと思えましたが……」

惚《ほ》れた腫《は》れたの揉め事にはお上《かみ》から厳しい罰が下るご時世だからこそ、悲恋ものは人気がある。

政演ならばきっと、花魁の姿をいかにも美しく艶やかに描き、その花魁に恋する男の苦しさを生々しく描き出すに違いない。

「政演が書こうとしているのは、あいつ自身の話だからさ。数年前に、政演が惚れ込んだ揚屋町《あげやちょう》の小見世の花魁に手ひどく振られた、って話は、ここいらじゃみんなが知っている話さ」

「政演さん自身の話、ですか……」

「作家にとって手ひどく振られた傷は、格好の芸の肥《こ》やしさ。けどな、そんな格好悪い手前をそっくりそのまま書ける作家なんてそうそういねえのさ。誰が読んでも政演自身のことだとわかる男が出てくる物語、なんてのは、だいたいが手前を慰《なぐさ》めるための、都合が良くて甘ったるくて安っぽい三文芝居の脚本にしかならねえ決まりさ」

自身のことを書く物語。

確かに、物語の中のこの男が紛れもなく己の分身だと思えば、美味《おい》しい思いをさせてやりたくなってしまう気持ちはわからなくもない。

「いいか、勇助。何が何でも、政演には滑稽話を書かせろ！　お江戸中の皆が腹を抱えて笑う滑稽話だ！」

蔦屋は有無を言わせぬ険《けわ》しい顔で言い切った。

8

「政演先生、やっぱり悲劇は止めて、滑稽話を書いてくださいな。いや、こんなふうにそのまま言ったって上手くいくはずがないな。それじゃあ、これはどうだ？　政演先生、やはり旦那さんが、政演先生の滑稽話を読みたいと申しておりますのでここはどうかひとつ……。いやいや、そんなことを言ったら、政演が嫌がっていた、主人に便利に使われるだけの奉公人そのものじゃないか」

夕暮れの奉公人部屋で、掃除を終えて皆の掻巻《かいまき》の用意をしながら、勇助はぶつぶつと呟いた。

大門の向こうの吉原から、人の笑い声が微《かす》かに聞こえる。

まだ宴が始まるには早いが、陽が傾くにつれて吉原は少しずつ活気づいていく。

笑い声は女たちのものだ。苦界《くがい》と呼ばれる吉原の中でこんな声で笑っているのは、遊女か、それとも遣《や》り手婆《てばば》たちか。

今日これから向かう宴のことを想いながら、勇助は茜色《あかねいろ》の空をぼんやりと眺めた。

そういえば吉原といっても、一度もまともに遊女にお目にかかったことがない。

この間の宴のときは遊女が現れる前に引きずり出されてしまったし、吉原を歩き回るときは、いつも汚穢屋の手伝いをしていた。

先日の、木村屋の張見世に出ていた遊女たちの姿を思い出す。

あの遊女たちは勇助の財布の中身をとっくに見透かして、冷たい目をしてまるでそこには誰もいないかのように振る舞っていた。

「勇助、お前に客だよ」

ふいに声を掛けられて、慌てて振り返った。

声の主は孫助だった。

「客……ですか？」

わざわざ奉公人を訪ねてくる客なぞ、身内の者くらいだ。

「おとしさんって名乗ったよ。お前の妹だってさ」

——おとし。

妹の名を心の中で唱えたら、勇助は胸に不安が広がるのを覚えた。

慌てて表に出ると、色あせた着物を着たおとしが、吉原に向かう客の流れの中で居心地悪そうな顔をしていた。おとしはひどく痩《や》せて顔色が悪い。

吉原大門を潜る前の五十間道とはいえ、吉原に出入りする商売人にも見えない素人《しろうと》の女の姿は目立つ。

身を縮めて強張《こわば》った顔をしたおとしを、通りすがりの男たちが値踏みするような目で見ては下品な冗談を言って笑い合った。

「兄さん！」

勇助の顔を見た途端、おとしの目に涙が浮かんだ。

おとしが顔を歪《ゆが》めると、目元の古い傷跡が引《ひ》き攣《つ》れる。

勇助の胸に鋭い痛みが走った。

「おとし、急にどうしたんだ？　用があったら文を書けと言っただろうに」

おとしが首を横に振った。

文を書くなんて、そんな悠長なことをしている場合ではないから、おとしはわざわざ耕書堂へ出向いてきたのだ。

「兄さん、私、どうしたらいいか……」

おとしが首を垂れてむせび泣く。

「どうした？　何があった？」

勇助は幼い頃にそうしたように、おとしの肩を撫《な》でて顔を覗き込んだ。

「おっかさんの具合が悪いの。医者を呼んでも薬代が払えなくて、このままじゃもう長くはないって……」

「薬代が払えないだって？　いつの間にそんなことに」

「兄さんが出て行ってすぐよ。おとっつぁんに金を貸していたって人たちが次々にやってきたの。おっかさんは借りたものは返さなくちゃ、って、あの身体なのにろくに食べずに、家のものを売ってお金を作ろうとして……」

「その金貸しってのは、誰だ？　俺が話をつけてやる」

女しかいない家だと思って、悪い奴らに目をつけられてしまったのか。

「ううん。その人たちは、金貸しじゃないの。今までおとっつぁんととても仲良くしていて、私たちもお世話になった人たちよ。その人たちが済まなそうに、おとっつぁんが書いた借用書を見せるものだから、おっかさんも払わないわけにはいかなかったの。あれは間違いなくおとっつぁんの筆だったわ」

ああ、ついにこうなったか。

勇助の胸の中には、父への怒りよりも先に諦めに似た想いが広がった。

「ひとまず、これで薬を買え。借金の件は、今のおっかさんの身体の具合を話して、できる限り待ってもらえ。もちろん、おっかさんのいないところで話をつけるんだぞ」

勇助は懐《ふところ》の巾着袋《きんちゃくぶくろ》の中の銭《ぜに》を、すべておとしの掌《てのひら》に握らせた。

銭を手にして、おとしの顔つきが僅《わず》かに和《やわ》らいだ。

「もしも相手が何か言ったら、俺のところに来るように伝えてくれ。いいな?」

「兄さん、ありがとう」

「礼を言わなくちゃいけないのはこっちさ。ひとりでおっかさんの面倒を看《み》て、たいへんだったたな」

「ううん、私は平気よ」

おとしは涙を浮かべながらも、健気《けなげ》に首を横に振る。

「おっかさんが心配だからもう戻るわ。お金、ほんとうにありがとう。またね」

おとしが踵《きびす》を返したところで、勇助ははっと気付いた。

周囲の男たちが、にやにやと笑いながら二人を眺めていた。

勇助とおとしは、幼い頃はどこからどう見ても兄と妹とわかるそっくりな顔立ちだと言われていた。

しかしお互い大人になってずいぶん顔が変わった。

涙ぐんだおとしと、一緒に泣きたいくらいの心持ちで奥歯を嚙み締める勇助。

二人の姿は、吉原へ向かう浮かれた男たちには別れ話の最中の男女に見えたのかもしれない。

「おとし！　待て！」

勇助はおとしの背に声を掛けた。

「なあに？」

おとしが勇助の大声に驚いた顔をして振り返った。

「おっかさんは、死なねえぞ！　決して死なせねえぞ！」

わざと声を張り上げた。

にやにや笑いの男たちがはっと息を吞んだとわかった。

何とも白けた決まりの悪い顔をお互い見合わせて、さりげなく立ち去ろうとする。

「おっかさんは、死なねえ！」

もう一度言うと、「死」という忌《い》み言葉に呪われることを恐れてか、周囲の人の流れそのものが早足に変わった。

そうだ。おっかさんは死にそうなんだ。これは俺たちの不幸だ。本物の生きる苦しみだ。

お前たちが望んでいるような、浮ついた娯楽じゃねえんだ。

「……うん」

おとしが小さく笑って頷いた。

「お前は何も心配するな！　必ず兄ちゃんが何とかするから！　兄ちゃんがついているからな！」

いつの間にか涙を流して叫ぶ勇助の周囲は、川の流れを分かつ岩のように勇助を避けて人の流れが過ぎ去っていった。

9

以前と同じ、大文字屋の座敷だ。

外は冷たい風が吹きすさぶ夜だが、酒の熱気のおかげで座敷はほんのり温かい。

今日の勇助は、蔦屋に命じられて客の間を酌《しやく》をして回っていた。

「おう、お前か」

「蔦屋の旦那に引っ叩かれたところ、うんと腫れただろう?」

先日の失態を目にしている客たちは、勇助に気さくに声を掛けた。

「お久しぶりです」

勇助は緊張しつつ朋誠堂のところへ行って酌をした。

「勇助か。よくやっているな」

朋誠堂はこの前の宴とは打って変わった血色の良い顔で言った。

「おかげさまでございます」

――朋誠堂が俺の名を覚えてくれた!

おとしが訪れたときから不安に強張っていた胸の内が、恐る恐るではあるが解《ほぐ》れていくような気がした。

「蔦屋がお前を息子にするつもりだと言ったときには、またお文の気が弱ってしまったということかと案じていた。けれどもあの蔦屋のことだ。まったくの考えなしというわけではなさそうだな」

「へっ?」

鳩が豆鉄砲を喰《く》ったような心持ちで訊き返したが、朋誠堂はもう背を向けていた。

首を捻りつつ、勇助は続いて政演のところへ向かった。

「私は、酌はいらないよ」

政演は勇助に気付くと、笑みを浮かべて手で制した。

気を使われるのが苦手なんだ、とでも言うような政演の調子に妙なところはまったくない。周囲の誰も気付いていない。しかしこの宴からようやく政演との闘いが始まったことが、勇助にだけはわかった。

商売相手との闘いは、勝ち負けはない。勝っても負けてもいけない。真剣勝負を丁々発止《ちょうちょうはっし》、さんざんやり合った末に、どちらも望み通りの手柄を得て己の道に帰っていかなくてはいけないのだ。

「失礼いたしました」

深々と頭を下げてから顔を上げると、政演はもう隣の四方赤良すなわち大田南畝との無駄話に興じていた。

「さあ、いよいよ皆さまお待ちかねの、〝花道のつらね〟が参ります」

蔦屋が声を上げると、ほんの刹那、場がしんと静まり返った。

「花道か。遅いぞ。いったいあいつはどこをほっつき歩いていたんだ？」

「生意気な奴だな」

すぐに場は何事もなかったように賑やかに戻る。だが皆の声はどこかわざとらしく大きすぎるようにも思えた。

しばらくして、襖《ふすま》が開いた。

暗い廊下から五代目市川團十郎が現れた。

勇助にはぼんやりと白い後光が差して見えた。

役者なのだから、浮世離れして顔立ちが整っているのは当たり前だ。

だが團十郎という男は見た目の華やかさだけではない、常人とはまったく違うものを持っていた。

流れるように滑《なめ》らかな立ち居振る舞いのせいなのか。それとも生まれ持った風格というのはこのことなのか。

己の醜《みにく》さを恥じて顔を伏せたくなるような、顔を見るだけで胸がひりひり痛むような、凄まじい圧のある美しさだった。

「やあ、みなさん。遅くなったね。〝花道のつらね〟が参りました」

うっとりするような心地良い声だった。

遅くなって申し訳ない、とは決して言わない。

團十郎は決して人に頭を下げたりなぞしないのだ。

「朋誠堂、『景清百人一首《かげきよひやくにんいっしゅ》』を読ませてもらったよ。あんなふうに描いてもらえるなんて嬉しいねえ」

狂歌の会だというのに、おまけに己は〝花道のつらね〟と狂名で名乗っているのに、相手のことを平然と朋誠堂の名で呼ぶ。

無礼と無粋が一緒くたになった振る舞いだ。なのに己の美しさを知り尽くした物腰から、それを〝ふり〟としてすべて計算ずくでやっていることがわかる。

「そうかい？　そりゃ、こっちも嬉しいさ。けど、あんたにどれだけ嫌がられてもあの本は出すつもりだったぜ」

朋誠堂が普段よりも数段大きな声で応じた。

まるで三文役者が芝居の練習をしているような、上滑《うわすべ》りした声だった。

驚いた勇助が朋誠堂の顔を見上げると、その額には汗がびっしょり滲《にじ》んでいる。

――嘘がつけない生き方の男。正直すぎる男。

朋誠堂について蔦屋が言ったことを思い出す。

「やあ、はじめまして。お会いしたいと思っていましたよ」

そんな朋誠堂とはまったく逆に、気味が悪いくらい平静な声で挨拶をしたのは政演だ。

「あなたの名は何と？」

團十郎が蔦屋と政演の両方に素早く目を向けた。

己がお江戸中に顔を知られている立場なので、見知らぬ相手には身構えているのだろう。

「絵師の北尾政演と申します」

「北尾重政の弟子か」

團十郎がすぐに応じた。蔦屋に確かめるように目を配る。

「ええ、その通りです。政演さまは、このたび耕書堂から出す本を書かれることになっております」

蔦屋が慇懃《いんぎん》に言う。

「その本にまた、俺を使おうというわけか」

團十郎が苦笑いを浮かべた。

黄表紙ができる前、黒本や青本と呼ばれる本の頃から、役者の似顔絵はよく使われていた。その黒本、青本の似顔絵を描いたのは、劇場の看板絵や番付絵を手掛ける鳥居派《とりいは》と呼ばれる一派の絵師たちだった。

しかし昨今の黄表紙に出てくる團十郎は、これぞ五代目團十郎といった凝《こ》り固まった像とは少し違っていた。物語のあちこちに現れる團十郎は、毎回違う顔をして違う心根を宿した、まさに役者としての五代目市川團十郎の姿だった。

「次に俺を描くなら、悲劇にしておくれよ」

勇助は胸の内で、ひいっ、と叫んだ。

慌てて蔦屋の顔色を窺う。

蔦屋は表情を変えない。だが奥歯のあたりにぐっと力が籠っているのがわかった。

「ええ、まさにそのつもりでおりました」

政演が胸を張った。

「嬉しいね。どんな話だい？」

「花魁と惚れ合った男との悲恋の物語です」

「いいねえ。絵師ってことは、挿絵のほうもあんたが描くんだね？　俺の顔をしっかり見ておけよ」

團十郎が何とも粋《いき》な仕草で、己の頰にさっと触れた。

「よろしくお願いいたします」

　さすがの役者の迫力に圧倒されたのか、政演の声が上ずっていた。

「作者としての筆名は作るのかい？　あんたの初めての本なんだろう？」

「実はかつて私は、山東京伝という名で本を出したことがあるのです。もっとも、本は少しも売れずに縁起の悪い名となってしまったので、これから新しい名を作ろうと思っておりますが」

　政演が口を滑らせた、とでも言うように小さく肩を竦めた。

「山東京伝？　妙な名だね。由来を教えておくれよ」

「私の住まいは、江戸城の紅葉山の東、京橋にあります。近所からは京橋の伝蔵と呼ばれておりましたので」

「紅葉山の東、京橋の伝蔵か……」

　團十郎がふうんと顎を撫でた。

「山東京伝、とんでもなくいい名じゃねえか」

　政演の頬がみるみるうちに赤くなった。

良い名が定まったそのときというのは、新しい物語が始まる予感がする。

北尾政演改め山東京伝は、團十郎からその名を認められた途端に、これまでとは違う何かを手に入れた。

勇助にはそう見えた。

「そう言われてみると、いい名だな」

「妙に呼びやすいのはなぜだろうねえ」

そんなふうに騒ぎ立てて喜ぶ仲間たちを前に、京伝はまるで元服したばかりの若者のように晴れがましい顔をしている。

あの團十郎に己の筆名を認めてもらえるなんて、何とも羨《うらや》ましい話だ。

――もしもあれが俺だったら、喜びすぎてあの場で泡を吹いて倒れていたかもしれないな。

10

丁稚仲間の鼾《いびき》が響く部屋で掻巻に包まり、うとうとしかけていた勇助は、はっと目を見開いた。

夜通し大文字屋で過ごす蔦屋を残して一足先に耕書堂へ帰され、疲れた身体を横たえたばかりだった。

——もしもあれが俺だったら。

眠りかけの気の抜けた胸の内から零《こぼ》れだした言葉に、ぞくりと身の毛が弥立《よだ》つような気がした。

——いったい何を考えているんだ。俺が筆名を得ることなんてあるはずがないだろう。

顔を顰《しか》めて、しばらく天井を見つめた。

せっかく眠りかけていたのに、目が冴えてしまった。

次第に、案じすぎてはいけないと胸の中に抑え込んでいたもう一つの憂き世の光景がもやもやと立ち上ってくる。

涙ぐむおとしの顔だ。

胸がきゅっと縮んで、鋭い痛みが走った。

——おっかさん。

おとしに渡した銭は、あれでおっかさんの薬代に足りたのだろうか。

たとえ足りなかったとしても、あれが今、勇助が持っている有り金すべてだ。万が一これからおっかさんがいよいよ危ないことになったら、俺はどうすればいいんだろう。

蔦屋とお文の顔が浮かぶ。

――蔦屋は俺のことを〝息子〟だなんて口にした。ほんとうにそう思っているならば、俺がおっかさんの薬代を貸してくれと頼んだって、おかしくないのかもしれない。

卑《いや》しい考えが頭に浮かんだ。

勇助は嫌な気持ちで首を横に振った。

――〝息子〟だなんて、あれは蔦屋の気まぐれの言葉遊びだ。そんなこと、俺がいちばんわかっているはずだ。

この耕書堂での勇助の給金は、あくまでも新入りの丁稚としてのものと変わらない。

蔦屋に、そしてお文にも目を掛けてもらっているには違いないとは思うが、夫婦の本心はどこまでも摑《つか》みどころがない。

考えてみると、俺はこんなところで蔦屋と親子の真似事なんてしている場合ではないのかもしれない。

おっかさんを救うために、おとしの暮らしを楽にするためには、もっと手っ取り早く金になる力仕事の人夫《にんぷ》の仕事を探したほうがいいのだろうか。

頭の中にいろんな考えが渦巻いて、勇助は重苦しい息を吐いた。

――なんだってこんなことに。

恨みがましい心持ちになると、父の顔が浮かんだ。

――おとっつぁん。いつもあんたはこうやって、家族のことなんて何も考えちゃいないんだ。

記憶の中の父は、貸本屋の帳場の前で、仕入れたばかりのまっさらな本を決して汚さないようにと大事に一枚一枚捲《めく》っている。

挿絵の仕上がりを確かめるつもりでいたその顔つきが、ある刹那に、ぼうっとこの世のものではなくなる。魂を取られた、のっぺらぼうに変わる。

身体はまるで置物のように動きを失い、見開いた目だけが激しく動いて字を追う。

父の周囲に、蚕《かいこ》の糸で繭《まゆ》が作られていくように見えた。

その白銀色の繭の中に籠ってしまった父には、家族がどれだけ呼びかけても決してその声は届かないのだ。

そんな父の姿を思い出すと、苛立《いらだ》ちで息が浅くなった。

きっとあの世でも、父は残された家族の心配なぞまったくしていないに違いない。

ただ己の胸の内に残った、極楽浄土を描いた物語の中に入って楽しく暮らしているのだろう。

――この世なんて大嫌いだ。

勇助は暗い天井をじっと見つめた。

――生きることは辛いことばかりだ。

わざとそんなふうに無情な言葉を思い浮かべてみたら、鼻の奥に塩辛い涙の味を感じた。

11

勇助が初めて己の手で物語を書いたのは、十になってすぐのことだった。

痩せっぽちだったおとしは、近所の子供たちによくいじめられて泣きながら家に戻ってきた。

「みんなが、あたしのことをみっともない、醜い、不器量って言ってからかうのよ」

そう言って泣きじゃくるおとしを宥《なだ》めていると、勇助まで胸に刃《やいば》を刺されたような心持ちになった。

そりゃ、勇助に良く似た顔だから人目を惹《ひ》くような器量よしではないかもしれない。だが、おとしは誰よりも可愛い大事な妹だ。

「お前にそんなことを言うのはどこの誰だ？　兄ちゃんが懲らしめてやる！」

憤《いきどお》る勇助を、おとしは「やめて、やめて。そんなことをしたら、兄ちゃんがいないときにもっといじめられるわ」と泣いて止めた。

確かに、勇助が二六時中おとしと一緒にいてやれるわけではない。

元から喧嘩《けんか》っ早いわけでもない勇助は、そう言われるとその通りかもしれないと思って握った拳を収めてしまう気分にもなった。

「じゃあ、兄ちゃんはどうしたらいいんだよ」

おとしに腹を立てるのは筋違いだと思いつつ、口を尖《とが》らせた。

「いつものままで、家で遊んでちょうだいな。兄さんと一緒に安心して遊んでいると、お外の嫌なことを忘れられるのよ」

おとしは、そう言って寂しそうな笑みを見せた。

そんなおとしの顔を見ていたら、居ても立ってもいられなくなった。

少しでもおとしを喜ばせたい。嫌なことを忘れさせてやりたい。

そう思った勇助は、いつものように本を読み耽《ふけ》る父の脇から、難なく草双紙《くさぞうし》の青本を数冊持ってきた。

青本とは、表紙が萌葱《もえぎ》色であるからそう呼ばれている。中本型五丁の薄い本で、浄瑠璃《じょうるり》、歌舞伎などを子供向けにわかりやすくした物語だ。すべてに挿絵が入っていて、華やかで読みやすい。

勇助が青本をおとしに読み聞かせてやると、その顔にようやく血の通った笑みが戻った。

「兄ちゃん、本って面白いね。こんな面白いもの、いったい誰が書いたんだろう?」

「さあな。けどこの作者は、きっとうんと頭が良くてうんと粋な、團十郎が演じる景清みたいな男前に違いないさ」

観水堂丈阿《かんすいどうじょうあ》など一部を除くと、青本の作者や絵師は名を出さない者が多い。こんなに素敵な物語を書けるのは、きっとうっとりするほど素敵な人物に違いないと夢が広がった。

次第におとしは、隙あらば勇助に本を読み聞かせてくれとねだるようになった。

父が本を読んでいるときならば、いくらでも店の本を持ち出せた。

だが運悪く父が金勘定をしていたり、客の相手をしているときには、店のものに勝手に手を触れれば怒られるのは当たり前だ。

そんなときは、勇助は己の頭でこしらえた物語をおとしに語って聞かせた。

「兄ちゃん、この間のあの話をまた聞かせて」

そうやっておとしが気に入った物語は、忘れないように紙に書きつけて読み上げてやった。

物語を書きつけた紙が幾枚も溜まったある日、父がそれを見つけた。

「何だこれは」

皺くちゃの紙に書かれた字を怪訝そうに追っていた父の目に、ゆっくりと光が宿った。

「勇助、これはお前が書いたのか？」

父がしゃがみ込んで、勇助の顔を覗いた。

「……そうだよ」

なぜかひどく叱られるような気がした。とんでもなく恥ずかしいものを見られてしまっていると感じた。

「……ごめんなさい」

勇助は身を強張らせた。

「なぜ謝る？　いい話だ」

父が勇助の目をまっすぐに見た。

それは父が初めて見せた、我が子の成長を喜ぶ慈愛《じあい》に満ちた親の顔だった。

「いい話……？」

「書き続けろ。そうすりゃ、ものになるかもしれねえぞ」

父の言葉の温かさに、勇助はその場で泣き崩れたくなった。

これまで、ずっとこんなふうに父にまっすぐ見つめて欲しかった。見守って欲しかった。しかし父は目の前の勇助ではなく、本だけを見つめていた。

だが物語を書けば、父は勇助を見てくれる。瞬《まばた》き一つせずにすべての文字を追い、勇助の胸の内から生み出された光景を見つめてくれるのだ。

それからの勇助は、父の横で様々な本を貪《むさぼ》るように読んだ。

おとしのために、本をこっそり抜き取っていた頃とは違う。

父に認められて、父に許され、そして父に励まされながら、勇助は本を読んだ。読み父が勧めてくる本は、どれも血が湧き立つような面白い物語ばかりだった。読みながら頭が熱くなるほど没頭した。

「ねえねえ、兄ちゃん、遊んでよう」

不満げなおとしにいくら声を掛けられても、どこか遠くの出来事のような気がした。

勇助は父がそうしたのと同じように、ひとたび本を開けば母を、妹を忘れ、この世からすっかり離れた場所で生きていた。

静まり返った店先で父と一緒にひたすら本を読み、己の書いた物語を父に読んでもらった。

「いいな。この調子でもっと書け」

父はどんなときも勇助の書いたものを悪くは言わなかった。ただ勇助が物語を書くことに没頭しているという事実を、心から喜んでくれた。

そんな父子の蜜月《みつげつ》は、ある日を境に急に終わった。

おとしが、崖から落ちて大怪我を負ったのだ。

後から、おとしはいじめっ子たちに、毎日のように飛び降りろと迫られていたと知った。

みんながお前を嫌っている。お前のことなんて誰も好きではない。お前なんて死んじまえばいいんだ。

近所の人から、そんなふうにおとしを囃《はや》し立てるいじめっ子たちを叱りつけたことがあったと聞いた。

——そんなはずはない！　おとしは兄ちゃんの大事な妹だ！　そんなことを言う奴らは、兄ちゃんが許さないぞ。

勇助が、本を閉じてそんなふうに力強く言ってやることができたなら、おとしはそこまで思いつめることにはならなかったはずだった。

「おとし、ごめん、ごめんよ」

勇助はおとしの枕元で泣いて詫びた。

おとしが飛び降りたそのときに、父と背を合わせて、平家物語を面白おかしく書き換えた物語を楽しんでいた己のことが、急に気味悪く思えた。

幸いおとしは命を取り留め、怪我は少しずつ治っていった。だが、顔に大きな傷跡が残った。おとしはその傷跡を隠すために、常に俯《うつむ》いて暮らすようになった。

「おとっつぁん、俺、作家にはならないよ。この世でしっかり働いて、ちゃんとおとしを守るんだ。おっかさんを守るんだ」

勇助は、こんなことになってもなお本を開き続ける父に向かって、涙ながらにそう言った。

勇助の言葉に、父からの返事はなかった。

12

次の朝早く、勇助が作業場の掃除をしていると、蔦屋が戻ってきたのか、玄関先から話し声が聞こえてきた。

「おかえりなさいませ」

お文の出迎えの声に、「おう」とぶっきらぼうに応じる蔦屋の声。

「勇助はどうしていた?」

「北尾政演の筆名が決まったそうですね。私の顔を見たら開口一番に話してくれましたよ」

「山東京伝、のことか。團十郎に言われてみると、いい名に思えてくるだろう?」

「ええ、まったく。いい名ですね」

何気ない夫婦の会話のまず最初に己の名が出たのを聞いて、勇助は思いがけずほっと身体が緩むのを感じた。

もしもこの二人が己のほんとうの両親だったなら。

そんな馬鹿げたことを考える己に驚いた。

蔦屋は、ただ奉公人がこれから使い物になるかどうか目を光らせているだけだ。

そう頭ではわかっているのに、再び己の名が出ることはないかと聞き耳を立ててしまう。

「おうい、蔦屋さん。ちょっといいかい?」

表から呼び声が聞こえた。

「おっと、噂をすれば、山東京伝さまのお出ましだ。何か忘れもんでもしたかね」

蔦屋がお文に話す声が続く。

勇助は思わず箒《ほうき》を握ったまま店先に回り込んだ。

「おう、またお前か」

京伝は勇助に目を留めて、苦笑いを浮かべた。

「蔦屋の旦那はちょうど今さっき、戻ったところだろう? 大事なものを届けにきたよ」

京伝は紙の束を握っていた。

花魁が客に手紙を書くときに使う上等な美濃紙だ。

「これはこれは、京伝さま。昨夜は何とも楽しい宴を――」

駆け出してきた蔦屋の視線が、京伝が取り出した紙に注がれた。

「お望みのものはこれだろう？」

「これはこれは」

蔦屋がそれに飛びついた。

京伝から渡された紙を、目を見開いて読み始める。

「ひとまず終わりまでのあらすじを書いてみたんだ。これからじっくり細かいところに肉付けをするつもりさ」

京伝が得意げに言った。

「昨夜、急に閃《ひらめ》いたのさ。『書きたかったものはこれだ！』なんて叫んで、それから一晩中ずっと文机《ふづくえ》に向かっていたもんだから、すっかり花魁の機嫌を損ねちまったよ」

「わざわざお届けいただき、ありがとう存じます。こちらのあらすじは、大事に預からせていただきます」

蔦屋が紙の束を胸に抱いた。

「ああ、頼むよ。より良い話にする案があったら、ぜひ教えて欲しい」

「承知いたしました」

「それじゃあ私は、久しぶりに家に戻ってゆっくり寝るとするよ。紅葉山、京橋のあの家にね」

「また改めて、勇助が伺わせていただきます」

「もうあらすじを書いただろう？　あとは肉付けをするだけだから、気楽にできるさ。見張りなら要《い》らないよ」

京伝が不思議そうな顔をした。

「京伝さま、実はこの勇助は、私の息子、蔦屋の跡取りになるやもしれない男です。ぜひとも京伝さまの物語が始まる場に立ち会わせたいのです」

「あんたの息子だって？　つまり養子に取るってことかい？」

京伝がぎょっとした顔をして、勇助をまじまじと見た。

「いったいこいつのどこを買ってるんだい？」

蔦屋は答えない。

「そうか、勇助か……」

ふいに京伝が小声で呟いて、肩を竦めた。

「わかったよ。それじゃあお前……勇助、また顔を見せてくれ」

「何卒よろしくお願いいたします」

蔦屋は見返り柳の向こうに京伝の姿が消えるまで、深々と頭を下げた。

「旦那さん、さっき京伝先生が私の名を……」

「勇助！」

怪訝な気持ちで訊きかけた言葉を、蔦屋が勢いよく遮った。

「今の話を聞いていたな。明日の昼頃に京橋に行け」

「は、はいっ！」

「そしてそれまでに、京伝に何を言ったらいいのかじっくり考えておけよ」

「どういうことでしょう？」

「これを見ろ」

蔦屋が紙の束の一枚目を示した。

《紅葉山京橋心中》

京伝の胸の高鳴りを示すかのように、激しい筆遣いの字が躍る。

「紅葉山、京橋、心中ですか……」

勇助は恐る恐る読み上げた。

あらすじはきっと間違いなく、紅葉山の東、京橋の伝蔵の悲恋物語だ。

「まったく、面倒なことになったぜ」

蔦屋は顔を顰《しか》めて呟いた。

第四章

1

結局、昨夜は一睡もできなかった。

勇助《ゆうすけ》は夜通し、頭の中がきりきり鳴りそうなほどあれこれ考えた。

だがどう知恵を絞っても、これ以上ないほどやる気が漲《みなぎ》っている京伝《きょうでん》の書いたあらすじを、本人が書きたいものとは真逆の滑稽話《こっけいばなし》に変えるよう説得する方法は思い付かなかった。

なにせ、お江戸じゅうの粋人《すいじん》が手本とする稀代《きたい》の役者、團十郎《だんじゅうろう》が悲劇を書けと京伝に言ったのだ。

團十郎にお墨付きをもらってしまっては、手も足も出ない。

勇助は情けなく眉を下げる。

むしろ俺が説得すべきなのは滑稽話にこだわる蔦屋《つたや》のほうなのではないか、なんて心持ちにさえなってくる。

季節は冬から春に移りつつあるが、今朝は晴れてことさら暖かい。朝陽を浴びながら歩いていたら、どっと身体が重く感じられた。

――だ、駄目だ。駄目だ。

京橋《きようばし》に近づくにつれて、とろりと瞼《まぶた》が重くなっていく。

次の角を曲がって、しばらくまっすぐ進めば京橋だ。

――よし、この角を曲がったら、しっかり商売人の顔を作るぞ。

そう己《おのれ》に言い聞かせたそのとき。

「勇助、お前が来るのを待ちわびていたぞ！」

いきなり京伝に声を掛けられた。

京伝の目はぎらぎらと輝いていた。

勇助と同じく、昨夜はろくに眠っていないに違いない。だが、京伝が眠れなかったのはおそらく良い閃《ひらめ》きに憑《と》りつかれた高揚のせいだ。

目だけは血走っていたが、肌艶は良い。

わざわざ角の手前まで勇助を迎えに来ていたのだ。

「き、京伝先生。お出迎えをいただけるとは思いませんでした」

「お前に頼みたいことがあるんだ！」

京伝が目を見開いて、勇助の顔を覗《のぞ》き込んだ。

「何なりとお申し付けくださいませ」

勇助は嫌な予感を覚えながら言った。

「人を探して欲しいんだ。今度書く物語に、とても大事な役割をする人物だ」

京伝が身を乗り出して言った。

「人探し……ですか？」

勇助は怪訝《けげん》な心持ちで訊《き》き返した。

蔦屋に一言頼みさえすれば、團十郎にだって会うことができる。そんな京伝がわざわざ勇助に探して欲しい人物とは、いったい誰なのだろう。

「夕染《ゆうぞめ》という名の花魁《おいらん》だ。かつては、揚屋町《あげやちょう》の小林屋《こばやしや》って小見世《こみせ》にいた女さ」

「かつては、ということは……」

無事に借金をすべて返して、大手を振って吉原大門《よしわらおおもん》を出て行く遊女というのはそうそういない。

「今は身請《みう》けされてお染という名で、浅田屋源左衛門《あさだやげんざえもん》って醬油問屋《どんや》の爺の妾《めかけ》に納まっているはずだ」

京伝が頷《うなず》いた。

「夕染……今はお染さんという人ですね？」

勇助がその名を口にすると、京伝の顔がみるみるうちに赤くなった。

「……あ、ああ。そうだ。お前はなかなか呑み込みが速いな」

京伝は決まり悪そうに目を逸らす。

勇助はあっと思った。

――紅葉山《もみじやま》京橋心中。

京伝が書こうとしている本の題名が胸に浮かぶ。

蔦屋から、数年前に京伝は惚《ほ》れ込んだ揚屋町の花魁に手ひどく振られた、と聞いたことがあった。

「夕染の新しい名も、どこでどうしているかまでわかってるんだ。すぐに見つけ出せるだろう?」

確かにそのとおりだ。だがしかし――。

勇助は目をぱちくりさせて、京伝を見た。

「……だったら手前《てめえ》が行けばいいじゃねえか、って顔だな」

「そんなことは申しておりません」

胸の内を読まれて、勇助は慌てて首を横に振った。

「けどな、これは耕書堂《こうしょどう》の下っ端のお前が行く、ってことに意味があるんだ。お前の口から、北尾政演《きたおまさのぶ》改め山東《さんとう》京伝が、物語の執筆という大事な仕事のためにあなたに会いたいと言っていると、そう伝えてもらわなくちゃいけないんだ。そうでなくっちゃ……」

「つまり、その夕染という人は、かつて京伝先生がとんでもなく手ひどい振られ方をした相手、ということでしょうか」

勇助が単刀直入に訊くと、京伝がうぐっと唸《うな》った。

「……そうだ」

京伝が大きく息を吸って、吐く。

「こんな機がなければ、二度と会うことはないと思っていた相手だ」

京伝の額に汗が滲《にじ》んでいるのがわかった。

勇助は、これは、と胸の内で密かに頷いた。

その夕染という女は、よほど京伝に影響力があるに違いない。

ならばどうにかして夕染を説き伏せて、京伝に滑稽話を書くように口添えを頼むことはできないだろうか――。

「わかりました。夕染さんを探してきます」

「そうか！　頼んだぞ！」

京伝の顔に少年のような笑みが広がった。

2

「小林屋の夕染か……」

奥の部屋で勇助の話を聞いた蔦屋は、両腕を前で組んだ。

「はい、今は、お染という名を名乗っているようです。おまけに浜町《はまちょう》の醬油問屋の浅田屋源左衛門の妾とまでわかっていますので、明日にでもひとっ走り会いに行って参ります」

「その女に会ってどうするんだ？」

「それはもう、心を込めてお願いをいたします」

「何をお願いするって？」

蔦屋の声が低い。

「どうか、京伝先生に滑稽話を書くように言ってくださいとお願いし……」

蔦屋の険《けわ》しい顔に、勇助の言葉の終わりのほうが途切れていく。

「お前は夕染に、どのくらいの礼金を払うつもりだ？」

その口調から、蔦屋が金子《きんす》を都合してくれることは決してないとわかった。

勇助はといえば、先日おとしに有り金すべてを渡してしまったので正真正銘の一文なしだ。

「れ、礼金は渡しません。飽くまでも私の誠《まこと》の心で――」

「馬鹿野郎！」

蔦屋が怒鳴った。

「相手にとって一文の得にもならねえことを拝み倒して無理にやらせよう、って話のどこが〝誠の心〟だ⁉」

蔦屋の顔が赤くなって、こめかみに血管が浮き上がっていた。

「そんなもんは物腰柔らかで下手に出ている、ってだけで、追剝《おいは》ぎと一緒だ！　耕書堂の名を使って、そんなみっともねえ真似は決して許さねえぞ！」

「は、はいっ！　すみませんっ！」

なぜ蔦屋がこんなに怒っているのかわからない心持ちで、勇助はひとまず頭を下げた。

「商売ってのは、言ってみりゃ手前が贅沢《ぜいたく》するための金を稼ぐことさ。頼み事をするときには、必ず相手に利がなくちゃいけねえんだ。泣き落としや強引なことをして人の情を金に換えるような真似をしたら、相手はその場は根負けしても後から必ず嫌な気持ちになる。いつか必ず悪い噂になって商売が立ち行かなくなるって決まりさ」

――相手に利がなくちゃいけない……。

確かに、ここで勇助が拝み倒して夕染に頼みを聞き入れてもらったとしても、相手には何一つ利はない。

蔦屋にそう言われると、己の誠の心をわかってもらえればきっと頼みを聞いてくれるはずだ、なんて目論見《もくろみ》がどれほど厚かましいかと思い知る。

「ならばどうすれば良いでしょう……」

しょげ返った勇助を、蔦屋はぐっと強い目で睨《にら》んだ。

「正蔵《しょうぞう》に相談してみろ」

「へっ⁉」

その名が出てくるとは思わなかった。

勇助を憎んで、酷《ひど》い嫌がらせをし続けた、誰より嫌な兄貴分だ。

お文《ふみ》が忠言をしてくれたお陰で、正蔵からの嫌がらせは気味が悪いくらいぴたりと止んでいた。

耕書堂で正蔵の姿を見かけると、勇助は兎のように素早く逃げた。遠くから憎しみに満ちた目で見られていると気付くと、慌てて顔を背けた。

顔も合わせず目も合わせず、ただ、俺は旦那さんに命じられた大事な仕事をしているのだと胸で唱えて、これからもずっと関わらずにいられることを密かに祈った。

「正蔵にとってはすべて通って来た道だ。あいつに訊くのがいちばん良いだろう」

「で、ですが、正蔵兄さんは……」

旦那さんならばわかってくれるでしょう、という気持ちで勇助は引き攣《ひっ》った笑みを浮かべた。

あの正蔵が勇助の力になってくれるはずがない。

どうやって正蔵に話しかければ良いのかさえわからない。

「正蔵が何だ？」

蔦屋が厳しい顔で訊く。

「正蔵兄さんは、私のことを嫌っているのではと思います」

「そんなことはどうでもいい」

蔦屋がこれまでにない冷たい声で言った。

「俺は奉公人の心持ちなぞわからない。お前の甘え心がいちばんわかるのは、正蔵だ」

そう言うと、蔦屋は不機嫌そうに顔を背けて、素早くその場から立ち去った。

3

それから勇助は一日、正蔵の姿を目で追った。

耕書堂である程度の金勘定も任されている正蔵は、帳場の近くで働くことが多い。

勇助は掃除や雑用といった本来の仕事をしつつ、気付かれないように密かに正蔵が働く姿を窺《うかが》った。

「おう、正蔵。これを旦那さんに届けておくれ」

「これはこれは、岡本屋《おかもとや》さん。あい承知いたしました」

貸本《かしほん》の掛け金を届けに来た妓楼《ぎろう》の主人から金子の包みを受け取った正蔵は、両掌《りょうて》をぱっと開くようにしてその包みを帳場へと運ぶ。

大事な金子だ。もし勇助ならば赤子を抱くようにもっと丁寧に扱うが。

怪訝な心持ちで窺っていると、正蔵は包みを開いて額を帳簿に付ける。

摘まみ上げた銭《ぜに》を一枚一枚、陽に透かすようにしげしげと眺《なが》め、帳場の台に並べていく。

「正蔵、岡本屋さんが来たね」

お文が声を掛けた。

「ええ、先月の分をこうしていただきました」

正蔵が帳場の台の上を示すと、お文はそれに素早く目を走らせて「よろしく頼むよ」と満足げに頷いた。

――正蔵のあの大仰《おおぎょう》な動きは、万が一にも、銭をくすねようとしているとは思われないための工夫か。

気付いた勇助は、ほうっと息を吐いた。

そう思って改めて見ると、正蔵は身のこなしひとつをとってもこの耕書堂で少しも気を抜いているときがないとわかる。

客に頼まれた本を奥へ探しにいくときは、わざと足音を大きく立てて客のために急いで取りに行く姿を印象づける。

一方で、作業場や炊事場で手代《てだい》や丁稚《でっち》たちの働きぶりを確かめに行くときは、抜き足差し足、物音一つ立てずに近づいていきなり姿を見せる。

弟分相手には常に底意地が悪そうな顔で怒鳴り散らしているが、ひとりになると急に物憂《ものう》げな顔に変わった。

そして客に対応するときは、蔦屋を思わせるいかにも善人そうで、面《つら》の皮が厚そうな隙《すき》のない笑みを浮かべるのだ。

正蔵の姿を追えば追うほど、勇助は目を奪われた。

つい先日、京橋の京伝のところへ向かう途中で呑気《のんき》に眠くなっていた己とは大違いだ。

あれこれ思いを巡らせながら正蔵の背を見つめていると、渡り廊下を歩いていた正蔵がふいに振り返った。

まともに目が合って、心ノ臓が縮み上がる。

「何の用だ？」

正蔵が勇助を睨んだ。

勇助に嫌がらせを仕掛けてきたときの顔ではない。その声色にどこか戸惑いの気配を感じて、勇助の胸に微《かす》かな勇気が湧いた。

「正蔵兄さんに、教えていただきたいことがあります」

裏返った声で言った。

正蔵が耳を疑うように眉を顰《ひそ》めた。

「何だって？」

もう一度言った。

「教えていただきたいことがあるのです」

「お断りだ」

正蔵が薄気味悪そうに言い捨てた。

「そこをどうにか。何とかして解決しなくてはいけないことがあるんです」

想像できていたことではあったが、悲痛な声で喰《く》いさがる。

「お前がどうなろうと、俺には知ったことじゃない。むしろ」

正蔵が言葉を切った。

「お前が上手くいかねえことが、俺の望みさ」

正蔵が普段勇助に見せている意地の悪い顔を浮かべようとして、急に面倒くさくなったようにふんっと鼻息を吐いた。

ふいに勇助の胸に、蔦屋の言葉が蘇《よみがえ》った。

――頼み事をするときには、必ず相手に利がなくちゃいけねえんだ。

そうだ。正蔵に俺の力になってもらうには、正蔵にも利がなくちゃいけない。

正蔵にとっての利とは何だ？　正蔵が求めているのは、俺を耕書堂から追いやることではないのか？

胸に走った鋭い痛みに、勇助ははっと息を呑んだ。

嫌だ、と思った。

今このときに、仕事を途中で投げ出して耕書堂を後にするなんて絶対に嫌だった。

この先、どうなるのかが知りたかった。

夕染という女に会ってみたかった。そして山東京伝がどんな物語を書き上げるのか。それを最後まで見届けたかった。

ならば正蔵の利。もう一つの、ほんとうの利を探さなくてはいけない。

「旦那さんが、私があれこれ悩むことは正蔵兄さんにとってはすべて通って来た道だと、そう仰《おつしや》っていました。だから教えていただきたいのです」

一気に言った。

正蔵のほんとうの利、それは耕書堂で誰よりも認められているという実感を持つことだ。

正蔵のこれまでの働きぶりを認めている蔦屋のあの言葉こそを、伝えるべきだと思った。

「旦那さんが……」

正蔵が息を詰まらせた。

ほんの刹那《せつな》、その目に微かに涙の膜《まく》が浮かんだのを認めて、勇助は驚いた。

「さ、山東京伝先生に滑稽話を書かせる方法です」

勇助は慌てて応えた。

「私は、京伝先生のかつての想い人である夕染という人に、口添えをお願いしようと思いました。ですが旦那さんは……」

正蔵の気が変わらないうちにと、勇助は早口で説明した。

黙って話を聞いていた正蔵の顔つきが、途中からうんざりしたものに変わっていく。

「正蔵兄さんならばどうされますか？」

正蔵の反応に心折れそうになりつつも、勇助は最後まで言った。

「旦那さんは、俺の忠言に従っていいと言ったんだな？」

「ええ、そういう意味だと思います」

正蔵が何かを思い出すような目をした。

「ならば家に戻れ。それが俺の忠言だ」

「何ですって⁉」

勇助は目を剝《む》いた。

「い、嫌です。そんなことは決して、決して！」

大きく首を横に振る。

「最後まで聞け。明日戻って来たって構わない」

「明日戻っていいんですね？　そういうことでしたら……」

勇助は不満げな心持ちながら頷いた。

追い払いたいというわけではなさそうだ。

「そうだ、すべて放り出してお前が生まれた家に逃げ帰れ。かつて旦那さんに叱り飛ばされた丁稚の頃の俺が、そうしたようにな」

正蔵が決まり悪そうに笑う。

「お前の家は本屋なんだろう？　羨《うらや》ましいさ」

正蔵は奥歯をぐっと嚙《か》み締めると、苦笑いのため息をついた。

4

夕暮れどき見慣れた角を曲がると、勇助の目に懐かしい光景が広がった。

表通りに面しているのは、ほんの二間《けん》の小さな貸本屋だ。今はその店は閉じられている。

木戸を潜《くぐ》って裏長屋へ向かうと、夕餉《ゆうげ》の支度《したく》をする匂いが漂ってきた。

ほんの数月この家を留守にしていただけなのに、ここで暮らしていたのはずいぶん昔のことのように思えた。

「おっかさん、おとし、兄さんが戻ったよ」

戸を開けて声を掛けると、暗い部屋の中で白い顔のおとしが呆気《あっけ》に取られたようにぽかんと口を開けた。

「兄さん、嘘でしょう⁉　いったいどうして？」

「驚かせて悪かった。急に休みをもらったんだ」

おとしの顔が不安げに曇った。まさか勇助が耕書堂から暇を出されてしまったのでは、という懸念《けねん》の表情が浮かぶ。勇助は慌てて、

「今日一日だけのことさ」

と続けた。

「今日、一日だけ……？」

「なんだかよくわからないだろう？　俺もよくわかっちゃいないんだけれどね。もちろん旦那さんも承知のことさ」

「おっかさんのお見舞いに来てくれたってこと？」

「そうとも言うな」

煙《けむ》に巻くような勇助の返答に、おとしは少し困った顔をしつつも「兄さんが帰ってきてくれて嬉しいわ」と答えた。

「おっかさん、今眠っているのよ。兄さんの顔を見たらきっと大喜びするわ」

おとしは声を潜めた。

目を凝《こ》らすと暗い部屋の隅で、掻巻《かいまき》に包まって眠る母の姿があった。

母を起こしてはいけないと、勇助は土間と続いた框《かまち》に座り込む。手招きをするとおとしも横に並んだ。

「おっかさんの具合はどうだ？」

声を殺して囁《ささや》く。

「あまり良くないわ」

おとしが首を横に振る。

「けれどね、この間、兄さんがくれたお金で買った薬はよく効いたの。あれがなかったら、おっかさんは助からなかったわ。兄さんのおかげよ。ありがとう」

「よかった。あの金は、あとどのくらい残ってる？」

おとしが目を見開いた。

「お金はもうないわ。とても高い薬だったの」

申し訳なさそうに応じる。

「その薬のほうはまだ余分にあるのか？」

おとしが再び首を横に振った。

「もうないわ。昨日飲んだ分が最後よ」

「……そうか」

しばらく二人で黙り込んだ。

「誰かいるのかい？」

母の擦《かす》れた声に、勇助ははっと顔を上げた。

「おっかさん、驚かないでね。兄さんが来てくれたのよ」

おとしが優しい声で言った。

「勇助？」

「そうだよ。おっかさん、身体の具合はどうだい？」

勇助は部屋の奥の暗がりへ向かった。

はっと息を呑む。

そこに横たわっていたのは、骨と皮ばかりに窶《やつ》れ果てて老婆のような姿になった母だった。

――ああ、そうか。

勇助はひとり胸の中で呟《つぶや》いた。

――こんなことで驚くな。生きることは辛いことばかりだ。俺はじゅうぶんにそれを知っていたはずじゃないか。

勇助は胸の中で冷たい声で呟いてから、無理に笑みを浮かべた。

「おっかさん、早く良くなっておくれよ」

母は、唸るような声を出しただけだった。

勇助は母の手を握った。ひどく痩《や》せた軽くて冷たい手だ。

その手に温もりを移すように幾度も摩《さす》る。

「兄さん、あのね」

しばらくそうしていたら、おとしが遠慮がちに割って入った。

「おっかさん、襁褓《おしめ》を替えなくちゃいけないみたいなの。ちょっといいかしら」

「そ、そうか。済まないな」

慌てておとしに場を譲る。

「おっかさん、ごめんね。気持ち悪いわね。すぐに襁褓を替えるからね」

暗い部屋の中に、襁褓を替える強い臭いが漂った。

――いったい俺は何をしているんだろう。

勇助の胸の中に、たまらない空《むな》しさが広がっていった。

吉原大門の向こう側、大文字屋《だいもんじや》の狂歌の会の華やぎがまるで悪い夢のように思えた。

輝くばかりに美しい團十郎。必死で商売に打ち込む蔦屋。悲しい恋の物語を書こうと盛り上がっている山東京伝。

どいつもこいつも、薄っぺらい嘘ごとだ。

今このとき、おっかさんは貧乏と病《やまい》に苦しみ死のうとしている。

物語なんて糞《くそ》喰らえだ。

勇助は奥歯を噛み締めて涙を堪《こら》えた。

――帰ってこなければよかった。

ふいに思い当たる。

もしかすると正蔵は、孫助《まごすけ》から俺のおっかさんの具合が悪いことを知らされていたのかもしれない。

一旦家に戻って、絵空事ではない人の苦しみを目の当《ま》たりにすれば、もう勇助は耕書堂に戻ってくる気力が失せるだろう。

正蔵にはそんな目論見があって、俺に家に戻るように言ったのかもしれない。

不思議と悔しさは感じなかった。正蔵兄さん、あんたの思惑どおりさ、と力なく頷きたくなるような心持ちだった。

「おっかさん、ごめんな」

襁褓の替えが終わった母の枕元で言った。

やはりもう本の仕事は辞める。これからは人夫《にんぷ》仕事をしながらずっと一緒にいるよ。

そう続けようとしたとき、母の目が開いた。

「私が死んでも――」

母がひどく咳き込んだ。

「私が死んでも、決しておとっつぁんを恨むんじゃないよ。おとっつぁんのせいじゃないんだ」

「何を言っているんだい？」

勇助は強張《こわば》った声で訊き返した。

己が父を恨んでいる。

母からそう指摘されるのは、刺すような胸の痛みを伴った。

「だって、おっかさんが苦しんでいるのは、おとっつぁんのせいだろう？　おとっつぁんが家族のことを少しも顧みないで、本のことばっかりだったから……」

「おとっつぁんは気の毒な人なんだよ」

「なんだい、そんな言い草……」

その〝気の毒な人〟とやらに振り回された俺たちのほうが、ずっと気の毒だ。

勇助はまるで子供のように口を尖《とが》らせた。

「おとっつぁんは、十のときに目の前で親を殺されたんだ」

勇助の息がぴたりと止まった。

「……ど、どういうことだい？」

母がいきさつを語り始めた。

父の両親、つまり勇助の祖父母は実直な百姓だった。

決して金持ちではなかったが、ひとまず喰うには困らず畑仕事をして暮らす、どこにでもいる百姓の一家だった。

ある土砂降りの雨の夜、両親は行き場を失っていた旅人を家に泊めてやった。だがその男は旅人のふりをした追剝ぎだった。

幼い父は両親の血を全身に浴びて命からがら逃げのびたが、我が子を庇《かば》って襲われた夫婦は助からなかった。

「それからおとっつぁんは、口が利《き》けなくなっちまったんだ」

遠い親戚に引き取られた父は、それからの幾年もの間、言葉を忘れたまま暮らしたという。

父が再び話すことができるようになったのは、字を覚えるために通った寺子屋の師匠の元で、一冊の貸本を手にしたことがきっかけだった。

生まれて初めて本を読んだ父は、物語の世界に魅了された。

何も悪いことをしていない善良な両親が、運命のいたずらによって惨《むご》たらしく殺されてしまうこの世に、幼い父は絶望していた。

だが、本の中にもう一つの色鮮やかな世界が広がっていると気付いたそのときから、父はぽつりぽつりと話をするようになった。

「目の前で親を殺される、というのはこの世の地獄さ。何より辛いことだよ。おとっつぁんは、大人になってからも幾度も胸の傷《いた》みに襲われることがあった。胸を掻《か》き毟《むし》りたいほどの苦しみ、この世に生きていられないほどの傷みさ。おとっつぁんは、そのたびに本を開いたんだ」

勇助の胸に、本に没頭する父の姿が浮かんだ。

本に魂を取られてしまったような、ぼんやりとした父の顔が浮かぶ。

これまでの勇助には、息が詰まるほどの憤《いきどお》りを覚える姿だった。

だが母の話を聞いた後には、その顔がぼやけていくように感じた。

ただ、背中に熱いほどの温もりを感じた。

物語を書こうとする勇助に、たくさんの面白い本を教えてくれた父。

その父と背中合わせで、店の本を読み耽《ふけ》っていたあのときの温もりだ。

「人生は辛いことばかりさ。嫌なこと、苦しいことばかりだよ」

母は、日ごろ勇助が胸の内で唱えているのと同じことを、この上なく切実な口調で言った。

「けど、生きなくちゃいけないんだよ。おとっつぁんはそれを知っていたから、あんなに本が好きだったんだ」

5

「今夜は、俺は店で寝るよ」

揺巻を手に勇助が奥の破れた襖《ふすま》を開くと、貸本屋の狭い座敷に出た。店を閉じてからは、通りに面したところは板で塞いであった。

行燈《あんどん》に灯を入れると、座敷には見覚えのある本が山になって積み上げられていた。

「おとっつぁん……」

思い出すのは、父と心を通わせたほんの短い間のあのときの光景だ。

勇助が物語を書いたことに大喜びをした父の顔は、はっきりと覚えていた。

今もまだ、背中が熱かった。

この店先で日がな一日、本を読み耽っていた父。

憂き世のことをすべて忘れ去って、ただ胸の中に広がる悲劇に、滑稽話に、心を躍らせていた父。

「おとっつぁん、どうして何も話してくれなかったんだよ」

勇助は目頭に滲んだ涙を指で拭った。

「おとっつぁん、俺、山東京伝って作者に、物語を書かせなくちゃいけねえんだ」

いつの間にか涙が溢《あふ》れる。勇助はしゃくり上げながら言った。

「京伝は悲劇を書くって言ってるんだ。誰がどう見ても京伝のことだってわかる、甘ったるい悲恋の物語を書こうとしているんだ。蔦屋の旦那さんはそんなのつまらねえ、って言うけれど、やっぱりおとっつぁんもそう思うかい？」

勇助は帳場に座った。

本の山が勇助を取り囲む。

「蔦屋は、京伝に滑稽話を書かせてえ、って言うんだ。京伝がどこまでも手前自身から離れたところで生まれる滑稽話を書かせてえ、ってさ」

ふっと息を吐いた。

狭い座敷を見回す。

「おとっつぁん、楽しみだろ？」

天井に向かって微笑《ほほえ》んだ。

「きっと、すげえ物語ができるぜ。今まで誰も読んだことがないような、とんでもねえ物語だ。嫌なことは全部忘れるぜ。悲しいことなんて消え失せちまうさ。おとっつぁん、俺、それをあんたに……」

勇助は言葉に詰まった。

「あんたに、読んで欲しいな」

勇助は帳場の台に突っ伏して、声を殺して泣いた。

しばらくそうしていたら、台の上に重ねてあった帳面に気付いた。

古びた帳面に、勇助の涙の痕がぽつぽつとついている。

開いてみると、そこにはずらりと客の名と借りた本の題名が書かれていた。

知っている本の題名にはすぐに目が留まる。顔見知りの客の名にもすぐに目が留まる。

ぱたん。

勇助は勢いよく帳面を閉じた。

客たちの胸の内に広がる、たくさんの下らない、馬鹿らしい、趣味の悪い、艶っぽい世界。

見てはいけないものを見てしまったような気がした。

もう一度、恐る恐る帳面を開く。

大工の熊八《くまはち》。

腕っぷしが強く喧嘩《けんか》っ早い大工職人の熊八が借りた本は、決して報われない悲恋を描いた仮名草子《かなぞうし》の『薄雪物語《うすゆきものがたり》』だ。

近くの心行寺《しんぎょうじ》の日尊和尚《にっそんおしょう》。

誰にでも優しく慈悲《じひ》深く皆に頼りにされている日尊和尚は、初心《うぶ》な男が吉原で遊ぶさまを描いた田舎老人多田爺《いなかろうじんただのじじい》作の『遊子方言《ゆうしほうげん》』を相当気に入ったようで、続けて三度も借りていた。

お天道さまの下、実直に暮らす人々の胸の内には、この憂き世とはまったく違う世界が広がっている。

だからといって、その人となりに嘘があるわけでも、まったく別の本性があるわけでもない。

皆、憂き世の悲しみ、苦しみに耐えながら、こうしてさまざまな物語を楽しんで生きているのだ。

「おとっつぁん、本っていいな。面白いな」

勇助はにっこり笑ってそう呟いた。

6

「なんだ、帰ってきたのか」

次の日の朝早く、勇助が吉原五十間道《ごじつけんみち》の耕書堂へ戻ると、帳場で帳簿を開いていた蔦屋が手を止めた。

「はい、もちろんです」

勇助は蔦屋をまっすぐに見た。

「正蔵の忠言は、効き目があったか？」

蔦屋がすべてわかった顔で訊く。

「ええ、何よりも有難い忠言でした。見えなかったものが見えました」

ほんの数月の耕書堂での暮らしから一日だけ家に戻ったことで、毎日あの家で暮らしていたときには少しも見えなかったものに気付くことができた。

誰よりも本を愛した父。そして紛《まご》うことなく本を愛していた己のことだ。

「……正蔵にきちんと礼を言えよ」

蔦屋は多くを訊き返さず、淡々とした様子で頷いた。

いくら頭で考えてもわからなかったことが、その場から少し離れるとよく見える。

「はいっ」

正蔵は、自身の経験からそれをわかっていたに違いなかった。

「正蔵は親に捨てられたんだ。貧しい生まれでな……。知り合いの紙問屋で小僧として働いていたところを、俺が耕書堂に引き取ったんだ。何より本が好きで誰にも習わずに字を覚えたと聞いて、こいつには本を作る才があるとわかったのさ」

「誰にも習わずに字を覚えた……」

このご時世、貧しい家に生まれても、寺子屋で読み書きそろばんを一通り学ばせてもらえるものだ。

字を教えてもらう機会がなかったというだけで、幼い頃の正蔵が相当悲惨な暮らしをしていたことがわかる。

「そんな正蔵からすりゃ、本屋で生まれ育ったお前なんて羨ましくてたまらねえはずさ。そのくせさほど本が好きでもねえような顔をして澄ましていやがるんだから、ちょっとぐらい痛い目を見せてやろうと思っても、まあ仕方ねえだろう」

蔦屋がわざと意地悪そうに笑った。

「そ、そんな……」

「あいつは何よりも本が好きだ。おまけに商売の才がある。客との関わりはもちろんのこと、人の間の立ち回りがべらぼうに上手いのさ」

蔦屋が正蔵を褒《ほ》めるのを聞いて、勇助の胸がちくりと痛んだ。

「それでは、なぜ私を〝息子にする〟なんて言ったのですか？　この耕書堂を継ぎ、旦那さんの息子になるのは正蔵兄さんのはずです」

「正蔵を試そうと思ったんだ」

勇助は息を呑んだ。

目の前が真っ暗になるような気がした。

「商売には、手前の努力だけではどうしようもねえこと、ってのが必ずやってくる。誰よりも努力しても、皆に先《せん》を越され、とことん惨《みじ》めな想いをする時期ってのが必ずあるんだ。そのときに正蔵がどう出るのか。それを確かめるためにやったことさ」

「そんな、それじゃあ、私はいいように使われただけではないですか！」

血の気が引いた。

〝蔦屋の息子〟

わけがわからないと思いながらも、そんなふうに呼ばれてどこか嬉しい己がいた。

〝息子〟と呼ばれて、入ったばかりの丁稚が連れて行ってもらえるはずのないところにも同行した。面白い仕事を任せてもらうこともできた。

そのすべてが、まさか正蔵の真価を確かめるために利用されていただけだったなんて。

「気に障《さわ》ったならば悪かった。だが、お前にとって少しも悪い話ではなかったはずだぜ。なぜそんなに腹を立てる？」

蔦屋が少しも動じずに訊く。

「だって、だって、正蔵兄さんがどう出るかを確かめることができたなら、私のことはお払い箱にするという意味でしょう？」

勇助は泣き出しそうになりながら言った。

「気味の悪いことを言うな」

蔦屋が冷たい声で言い放った。

「お前が使い物にならなければ暇を出す。上手く育てば、この耕書堂の二代目を継がせる。ただそれだけのことだ。お前のことは愛おしくもなければ憎くもない。それは正蔵も含め、耕書堂の奉公人すべてに通じることだ」

「愛おしくもなければ憎くもない……。ずいぶん冷たいことを仰るんですね」

勇助は涙目で言った。

店の主人というものは、悪どい主人は奉公人を奴隷のようにこき使い、良い主人は奉公人を家族のように大事にするものだと思っていた。

こんなふうに冷たく突き放されると、どうしたらよいのかわからなくなる。

「人はただ集まって仲良く暮らすもんじゃないんだ。そんなのは子供のままごとだけだ。その意味では、俺には友なんて一人もいない」

蔦屋はきっぱりと言い切った。

「だが同じ道を目指す者同士が、お互いを高め、励まし合う仲間になることはできる。道が分かれれば縁も切れる。そしてまた新たに同じ方向を目指す者が仲間になる。商売人の人生は、それの繰り返しだ」

勇助はごくりと唾《つば》を呑んだ。

「予言しておく。正蔵はいつか必ずここを去って行く。そして耕書堂のとんでもねえ商売敵《がたき》になるだろう」

蔦屋が面白そうに笑った。

「そんな。正蔵兄さんは、ここの番頭《ばんとう》になるのを目標にしているのではないのですか？」

ああ、その話か、と、蔦屋は頷く。

「先代の番頭が飛んだ、って話は知っているな？　正蔵はあいつのことを心から慕《した》っていた。あんなふうに憧れちまったら、いずれは同じ道を行くしかねえさ。俺ができるのは、いつか雷に打たれるようにやってくる正蔵の出来心から、耕書堂をきっちり守ることと――」

蔦屋が言葉を切って、勇助をじっと見た。

「正蔵が、俺と互角に戦ってお互いを高め合える商売敵になるように、育て上げてやることさ」

蔦屋はにやりと笑った。

「それでは、私はいったい……」

蔦屋の口から出てくるのは、正蔵の話ばかりではないか。

己の仕事ぶりで正蔵に勝てるはずがないことはわかっていた。

だがどうしても、蔦屋が己をどう思っているのか、どうして〝息子〟にするなんてことを言ったのか、どうしても聞き出したかった。

「俺は昔、お前のおとっつぁんと約束したのさ」

7

「勇助ってのはな、俺とお文の間に生まれたほんとうの息子の名だ」

「えっ……」

蔦屋とお文の間に子はなかったはずだ。つまり……。

勇助が驚いた顔で見上げると、蔦屋は「そうだ」と言わんばかりに寂しげに頷いた。

蔦屋とお文の間に生まれた子、勇助は、耕書堂の跡取りになるべく大事に育てられたという。

「本が好きな子だったさ。三つの頃にはもう字を読んで、俺たちが店の中を駆けずり回っている間、ひとりで本を抱えて店先にちょこんと座っていた」

蔦屋が懐かしそうに目を細めた。

しかしその勇助は、五つの齢《とし》に熱病で亡くなってしまう。

蔦屋もお文も、それはひどく落ち込んだ。

悪いことは重なるもので、同じ頃に、普段ならば洟《はな》も引っかけないような怪しい話に乗って、酷い損失を出してしまった。

夫婦の落胆によって、耕書堂の商売にも障りが出るようになってしまったのだ。

「このままじゃいけねえ、って話になって、夫婦で柳島《やなぎしま》の妙見《みようけん》さまへお参りに行くことにしたんだ」

柳島妙見堂は、二十一日の願掛け参りを続ければ願いを叶えてくれると言われている。

蔦屋とお文は、毎朝早く起きて、吉原から柳島妙見堂まで通った。

「毎日、夫婦揃《そろ》って泣きべそをかきながら必死で祈ったさ」

蔦屋が顔を歪《ゆが》めて祈る真似をしてみせた。

「何をお祈りされたんですか」

「最初はただもう胸の中を空っぽにして、ただ妙見さまに祈っているだけさ。けど、そのうち欲が出てくる。俺たちの願いは、何より息子が安らかに眠ってくれること。耕書堂が上手く進むこと。それと――」

蔦屋が言葉を切った。

「それと、もう一度、俺たちに子を授けてくださいってことだったたな」

蔦屋夫婦には今も子はいない。

どんな顔をすれば良いかわからず、勇助はただ俯《うつむ》いた。

「そうして必死で祈っていたら、二十一日目に仏さまから返事が来た」

「仏さまからの返事ですか？　いったいどうやって？」

勇助は目を丸くした。

「仏さまの言葉ってのは、空から降り注ぐような、そんな派手なもんじゃねえんだ。二十一日の願掛け参りを済ませた帰り道、せっかくだから一休みしていくか、って参道の茶屋で茶を啜《すす》っているときに、ぼんやりと胸の中に浮かぶ妙に納得できる想い。それが仏さまからの返事さ」

その日は真冬の冷たい風が吹いていた。しかし空は青く、晴れ渡っていた。

店先で湯呑《ゆのみ》を両手で包むようにして熱い茶を啜っていたお文が、ふいに言った。

――ねえお前さん、もう私たちに子はできないよ。そんな気がするんだ。

そう言ってお文は、己のぺたんこの腹を撫《な》でた。

――そんな寂しいことを言うんじゃねえさ。

慌てて言った蔦屋に、お文は首を横に振った。

――寂しくなんかないよ。勇助は、これからいろんなところで顔かたちを変えて、幾度でも私たちに会いに来てくれるんだ。そして勇助は、耕書堂をお江戸でいちばんの本屋にしてくれるはずさ。

いったいどういう意味だ？　と訊き返した蔦屋に、お文は、そのとおりの意味さ、なんて取り付く島のない返事を返した。

妙に思いながらもひとまずその場では話を収めた蔦屋は、その日の昼過ぎに商売相手の貸本屋、名月堂《めいげつどう》に出向いた。

貸本屋から客に人気の本を教えてもらうのは、耕書堂の主人の大事な仕事のひとつだ。

――耕書堂さん、待っていたよ。

普段は寡黙《かもく》なはずの名月堂の主人が、その日は頰《ほお》を上気させて蔦屋を待ち構えていた。

――悪いが、これを読んでみてもらえないか？

主人が差し出したのは、物語の草稿だった。

――俺の息子が書いたんだ。版元としてあんたの意見を聞かせてくれるか？

「だ、旦那さんは私の書いた物語を読まれていたんですか!?」

勇助は悲鳴に似た声を上げた。

て。

「そんな、まさか……」

朋誠堂《ほうせいどう》や京伝の草稿を手掛けている蔦屋が、勇助のあの拙《つたな》い草稿を読んだなんて。

「ああ、そうだ」

心ノ臓がどくどく鳴る。

――おとっつぁん、なんてことをしてくれたんだ！

恥ずかしくて恥ずかしくて、顔から火が出そうとはこのことだ。この場から走って逃げだしたくなった。

「悪くなかったぞ。親父さんにもそう言った」

蔦屋が勇助の心の乱れをすべて見透かしたように、面白そうに笑った。

「あの草稿を読んで、お前は心底、本が好きだというのがわかった。ならば、きっといつかは物になる」

勇助ははっとして蔦屋の顔を見上げた。

――心底、本が好き。

ほんとうにそうなのだろうか。

怪訝な気持ちになりながらも、蔦屋のその言葉を聞いたそのときに、考えていることとは裏腹に頰が熱くなった。

「だがそれがいつのことになるかは、俺には皆目《かいもく》わからない。よぼよぼの年寄りになってから初めて形になるのか、はたまた途中で諦めて別の道を探すのも、それもまた幸せの形だ。だがお前は書き続けることさえできれば、本への想いが変わらなければ、いつかは必ず良いものを書く。親父さんにはそう伝えた」

蔦屋の感想を聞いた名月堂の主人、勇助の父親は、「あんたはそう言うと思ったよ」とまるで己のことのように、照れくさそうに頭を搔いた。

――この世は辛いことばかりだろう？　息子には、どうにかこの憂き世を生き延びて欲しいのさ。きっと、本がその助けになると思っているんだ。

名月堂の主人は、どこか哀し気なものを抱えているように見える人だった。

――この世は辛いことばかりだろう？

名月堂の主人のその言葉に、蔦屋は我が子を失った哀しみを重ねて通じ合えるものがある気がした。

――息子の名を教えておくれ。いつ出会っても見逃さないように、しっかり覚えておくよ。

蔦屋は訊いた。

——勇助だ。いつか勇助があんたの目に適《かな》う良いものが書けたら、面白い筆名《ひつめい》を考えてやっておくれ。

その名を聞いた蔦屋は、茶屋でお文の言った言葉を思い出し、「そうか、こういうことか」と胸の内で頷いた。

8

勇助は浅草の御厩河岸《おうまやがし》にほど近い三好町《みよしちょう》の小道を、奥歯を嚙み締めて歩いた。

——生きることは辛いことばかりだ。

これまで何度も唱えたこの言葉が、今日はひと際ずしりと身に染みた。

「ここをまっすぐ進んで、二つ目の角を曲がるとすぐに正覚寺《しょうかくじ》が見えるよ。花屋なら参道の入り口にあるさ」

夕染、改めお染が醬油問屋の浅田屋源左衛門に与えられたという家は、すぐにわかった。

だが勇助が訪ねて行くと、その家は弱々しい枯草に囲まれ、中には人の気配はなかった。

「お染さんは、亡くなったよ」

隣の家のお内儀《ないぎ》が、気の毒そうに言った。

「ここへ引っ越してきてすぐのことさ。苦界《くがい》の病が急に悪くなったようだよ。せっかく、これからようやく幸せになれるってはずだったのにねえ」

性病が悪化したお染の死に際は、近所じゅうにお染が痛みに苦しむ呻《うめ》き声が響き渡る、悲惨なものだったという。

夕染の美しさと粋《いき》な所作《しょさ》に魅せられたはずの浅田屋は、妾が病に倒れてからは気味悪がって一度も訪れなかったそうだ。

「こんにちは。ここからすぐ近くの正覚寺の墓所で眠っていると聞いた。夕染は、お墓へお供えするための花をください」

「あいよ。どれにする?」

花屋の中年女が気さくに応じた。ぶっきらぼうな調子だが、若い頃は美しかったであろうと思わせる優し気な顔立ちの女だ。

花屋の店先に置かれた仏花の中に、赤紫色の桜草《さくらそう》があった。

「それは、若くして亡くなった人、それも女のものだよ」

あんたには関係ないだろう? と続けようとした花屋の女の顔が、はっと曇っめた。


「これをいただきます」

「……そうかい。別嬪《べっぴん》さんによく映える、いい花だよ」

「ありがとうございます」

勇助は女に礼を言った。貰ったばかりの給金は、その大半をおとしに渡したが、手元に残したわずかなお金で他の仏花よりも幾分値が張る桜草を買えるだけ買い求めた。

た。

この花の代金で、母の薬を幾分か買えたかもしれない。

花束を手にしてからそう思ったが、後の祭りだ。

——生きることは辛いことばかりだ。

勇助は、胸に抱いた赤紫色の花をじっと見つめた。

女らしさを思わせる華やかな色に、一度もこんな色で装《よそお》ったことのないおとしと母親の顔が胸を過《よぎ》った。

長い間探したが墓所に夕染の墓は見当たらなかった。勇助は身寄りのない者のための石碑に辿《たど》り着くと、安い線香の目が痛くなるような煙の中でそっと花を捧げる。

「夕染……いえ、お染さん、生きることは辛いことばかりですね」

囁くように語り掛けた。

手を合わせて目を閉じる。

「でも、それでも私たちは生きなくてはいけないから……。今日を、明日を生きなくてはいけないから、物語が必要なんです」

声に涙が滲んだ。

「お染さん、どうぞ安らかにお眠りください」

目論見はすべて外れた。

夕染に会ったら、こう話そう、こう伝えようとあれこれ考えていたことは、今となってはすべて意味をなさない。

これから先、どうしたらよいのか見当もつかない胸の内を抑えて、ただ祈ると、不思議と心が静まった。

目を開けると、勇助が手向《たむ》けた花に一匹の蝶が止まっていた。

白と灰色のちょうど間のような、地味な羽色の蝶だ。

蝶が飛び立つ。何とはなくその姿を目で追うと、背後にひとりの若い女が立っていたことに気付いた。花屋の店先にいた女に生き写しの顔立ちだと気付く。

「あなた、お染さんのことを、知っているんですか？」

女は怪訝そうな顔で勇助にそう訊いた。

9

「皆まで言うな。何も言うな。今すぐに夕染のところに行くぞ！」

勇助の訪れを待ちわびていた京伝は、その顔を見た途端に羽織《はおり》を引っかけて表に飛び出した。

「三好町の大通り三つ目の辻を曲がったところの家だろう？　幾度も訪ねて行こうとして、やはり止めるというのを繰り返していたから、お前の道案内なんてなくとも楽に行けるぜ」

京伝は驚くほど饒舌《じょうぜつ》に喋《しゃべ》りまくり、勇助が口を挟む暇をまったく与えない。

「夕染ってのはな、私が生まれて初めて心底惚れた女なんだ」

おまけに京伝は猛烈な早足だ。

勇助は置いて行かれないようにするだけで精いっぱいで、まともに相槌《あいづち》を打つことさえできない。

「私が夕染のどんなところに惚れたかわかるか？」

「い、いえ、わかりません」

勇助は息も絶え絶えで応えた。

そんなことよりも、お染が亡くなっていたということを伝えなくてはいけないのに。

「……きっと、美しい人だったのでしょうね」

「いや、美しいは美しいが、花魁にしちゃ稀代の別嬪とは言えないな」

「へっ？」

驚いて京伝の顔を見る。

「目鼻立ちは整っちゃいたんだけれど、ちょいと目つきに険《けん》があってね。実はあれは生まれつき目が悪いせいなんだが。あれだけの人気がありながら、仲之町《なかのちょう》の大見世《おおみせ》じゃなくて揚屋町の小林屋にいたってのは、そんな理由もあるのさ」

「へ、へえ。そうでしたか」

ふいにこの会話がおかしいことに気付いた。

先ほど勇助は、お染のことを「美しい人だったのでしょうね」と言ってしまった。

あの言い方では、勇助はお染に会うことができていないことは明らかだ。

もしかして京伝は――。

三好町の人気のない家に辿り着いた京伝は、勇助を振り返った。

「それで、夕染はいったいどこに行っちまったんだ？」

京伝の口元に力ない笑みが浮かんでいた。

やはり最初からこうだとわかっていたのだ。

「……正覚寺にいらっしゃいます」

勇助は観念して言った。

「浅田屋に、立派な墓を建ててもらえたのか？」

「いいえ、身寄りのない人たちのための石碑にお参りする形になります」

勇助は項垂《うなだ》れた。

「……案内してくれ」

今日は、正覚寺の参道の花屋は閉まっていた。

線香の煙に覆われた石碑の前で、京伝は両腕を前で組んで口をへの字に曲げた。

「さあ、お前が知ったことをみんな話してくれ。私は、どんな悲惨な話でも聞く覚悟はできている」

「……はい。お話しさせていただきます」

勇助は奥歯を嚙み締めた。

「夕染――お染さんは、身請けされてすぐに苦界の病が悪くなって亡くなったそうです」

勇助は、三好町の家の近所のお内儀から聞いたことを、包み隠さずに話した。

京伝はしばらく黙っていた。

「……さっき私が、夕染のどんなところに惚れたかわかるか？　って訊いたな」

「はい」

「もう一度同じことを訊くさ。お前にわかるか？　夕染はどんな女だったと思う？」

京伝は石碑に向き合った。

「これほど京伝様が焦がれる方ですから、健気《けなげ》で儚《はかな》げな方だったのだと思います。運命に翻弄《ほんろう》されつつも、いつまでも美しいままに亡くなった、まるで蝶のように儚く哀し気なひとだったのだと思います」

勇助がこれまでに読んだ悲しい恋の物語に登場する遊女たちは、みんなそんな女だった。

「その逆だ」

京伝が寂しそうに笑った。

「夕染ほど根性のひん曲がった女には、古今東西、一度もお目にかかったことがないさ」

「何ですって？」

勇助は仰天《ぎようてん》して訊いた。

「嘘つきで金に汚くて、叱られれば喰って掛かり、窘《たしな》められれば裏で舌を出す。とんでもない女だよ」

「そ、そんなひとのいったい、どこに惚れていたのですか？」

「生きることへの執着さ。夕染は、どこにいても、何があっても、生きることを諦めない女だった。誰よりも飯を多く喰い、客からは一銭でも多く巻き上げようとする。どれほど酷い目に遭《あ》ったって、決して気鬱《きうつ》になんてなりゃしない。私は夕染のそんなところに惚れ込んだんだ」

——どこにいても、何があっても、生きることを諦めない。

勇助は思わず石碑を見上げた。

「私を捨てたときも、いかにも夕染らしかったよ。『生きるには金が要《い》りんす』なんて少しも悪びれずに言い切って、あっさり金持ちの爺に乗り換えちまった。あれだけ真剣に交わした契《ちぎ》りは何だったんだ、とどれほど追い縋《すが》ったって、『なかったことにしておくんなまし』なんて澄ましていたさ」

そんな薄情な女の話は、勇助は聞いたことがなかった。

吉原の遊女たちは皆、金のために客と寝る。

しかし、最後に残るのは女としての情だ。心から惚れ合った男と添い遂げることが望みで、それが叶わなければ命を絶つのも厭《いと》わないほどの想いを抱いている——。

これまで勇助が読んだ物語に出てくる遊女たちは、そんな熱い情を胸に秘めていた。

「まったく、とんでもない女だろう?」

京伝が苦笑いを浮かべた。

「はい、とんでもないお方です」

勇助はこくりと頷いた。

京伝によって紡《つむ》がれた夕染という花魁の姿に、これまでにないほど強く心惹《ひ》かれていた。

血の通った夕染に会ってみたかった。いったいどんな姿の女だったのだろう。どんな声で喋り、どんな顔で笑い、どんなふうに――。

勇助ははっと我に返った。

胸の中に立ち込めた艶っぽい靄《もや》を振り払うように、頭を横に振る。

「そ、そこまでして手に入れた金持ちの暮らしを、お染さんはろくに味わうことができずに亡くなってしまったんですね」

墓の向こうには、欲望も金もない、静まり返ったあの世が広がっているだけだ。

「……私を捨てた罰《ばち》が当たったのさ」

京伝の声に涙が混じっていた。

墓の前でがくりと膝をつく。

「夕染、何をやっているんだ。どうしてこんなことに……」

京伝が墓に縋りつくようにして、おいおいと声を上げて泣き出した。

勇助も思わずもらい泣きしそうになって、顔を伏せた。

――なんて辛いんだろう。なんて悲しいんだろう。

勇助は洟水《はなみず》をぐすりと啜った。

――やはり生きることは辛いことばかりだ。

いた。

「あのう、お取り込み中のところ、すみません」

遠慮がちな声に振り返ると、見覚えのある若い女が桶《おけ》いっぱいの花を手に立って
いた。

「あら、あなたでしたか」

勇助に気付いた女は、にっこりと笑った。

昨日、ここで夕染に祈っていた勇助に声を掛けてくれた、参道の花屋の娘だっ
た。

「……ああ」

振り返った京伝は、慌てて懐《ふところ》の手拭いで涙を拭った。

「お墓の花を取り替えに来ました。命日にお墓参りに来れないって人に、あらかじ
め頼まれているんです」

花屋の娘は、「お邪魔をしてすみません、すぐに失礼しますね」と申し訳なさそ
うに言って、手早く古びた花を新しいものに替える。

「お染さんのお花は、まだ新しいですね」

花屋の娘が、昨日、勇助が供えた桜草を確かめた。

「夕染――お染を知っているのですか？」

京伝が訊くと、花屋の娘は頷いた。

「私は浅田屋の旦那さんに頼まれて、月に幾度か、お染さんにお見舞いの花を届けていたんです」

浅田屋源左衛門は、お染が病に倒れてからはろくに見舞いにも来なかったと聞いた。だがさすがに放っておくわけにもいかず、花を届けることが罪滅ぼしのつもりだったのだろう。

「お染は、どんなふうに過ごしていましたか？　苦しんだのでしょうか？」

花屋の娘は、京伝の真剣な顔に、何かを察したのだろう。

「確かに最期《さいご》の数日は身体がお辛そうでした。ですが、私がお花を届けに伺ったときのお染さんは、いつも楽しそうに過ごしていらっしゃいましたよ」

と優しく笑った。

「日がな一日、重い病に臥《ふ》せっていて、いったい何が楽しいことがありましょう？」

京伝が涙の残った目で悲しそうに言った。

「お染さんは本がお好きだったんです。こんなふうに貸本屋への支払いを少しも気にせずに、朝から晩まで寝転がって本を読めるなんて夢みたいだ、と仰っていました」

花屋の娘が思い出すように遠い目をした。

「本……」

京伝がぼんやりと繰り返した。

「私がお見舞いのお花を届けに伺う人たちは、皆、たくさんの本を読んでいらっしゃいますよ。身体が動かなくなっても、本さえあれば、楽しい気持ちになることができるってね」

「お染は、どんな本を読んでいたんですか？」

京伝が縋るような目をして訊いた。

「それはわかりません。いつも私が現れると慌てて表紙を伏せて、決して教えていただけませんでしたから」

花屋の娘がくすっと笑った。

10

帰り道、京伝は何かに思いを巡らせているのか、しばらく黙り込んだまま、まるで子供のように足元の小石を蹴りながら歩いていた。

「蔦屋は私に悲劇ではなくて滑稽話を書かせたいと思っている、違うか？」

「は、はい。そのとおりです。でも、なぜそのことを……」

少し離れたところで京伝の後を歩いていた勇助は、京伝の口からずっと言い出せなかった滑稽話のことを切り出されて、驚きの声を上げた。

「お前の態度や蔦屋の口ぶりから、そんなことじゃねえかと薄々思っていたよ。それに、夕染が死んじまったと知った今となっては、夕染との悲恋の物語を書く気も失せちまったさ。それで、蔦屋は私にどんな滑稽話を書かせたいと思っているんだ？」

「それは、私は聞かされていないのです。ですが、もしも京伝先生が滑稽話を書くことに興味を持っていただけたというのでしたら、明日にでも……」

「ならばお前は、私にどんな滑稽話を書かせたい？」

京伝は小さくため息をついてから、

「お前は物書きを志《こころざ》したことがあるんだろう？」

と訊いた。

「ど、どうしてそれを？」

つまり、そうだ、と言っているようなものだと思いつつ、勇助は焦って訊き返した。

「どうしても何も、最初に顔を見たときからわかっていたさ」

京伝が鼻で笑った。

「教えてくれ。お前だったらどんな滑稽話を書く？」

勇助はぐっと黙って足元を見る。

朋誠堂とのやり取りを思い出した。

身の程知らずにも、『景清百人一首《かげきよひやくにんいっしゅ》』の下巻のあらすじを書いていたときの己の心の高ぶりを思い出す。そして、朋誠堂が勇助の閃きの遥かに上を行く、血が湧き立つような物語を作り上げたときの驚愕《きょうがく》。

差し出がましいことをしてしまったという、たまらない恥ずかしさ。

――俺だったら、どんな滑稽話を書くんだろう。

勇助は砂利道《じゃりみち》をじっと見つめて、己に問いかけた。

病床の夕染が、楽しくてたまらないと言って読み耽ってくれるような、明るい物語。

最初に、そんな言葉が浮かんだ。

京伝から聞いた夕染の人となりならば、少々下品な艶っぽいものでも大喜びしてくれるに違いない。

誰よりも飯を多く喰うと言っていたな。だったら、美味《うま》いものを食べる光景がたくさん出てくる物語がいいかもしれない。

おまけに金が好きだというなら、きっと面倒くさい金の揉《も》め事にも興味津々のはずだ。

勇助はしばらくぼんやりして、次から次へと浮かび上がる閃きに考えを巡らせた。

心が遠くに持って行かれるような気がした。

この憂き世の苦しみや悲しみが、綿で包まれたように棘《とげ》を失って胸の内でひっそりと静まり返る。

代わりに胸の中では、様々な人物が生き生きと物語の中を走り回る。大いに泣き、笑い、時に歯ぎしりをしたり地団駄《じだんだ》を踏んだりしながら——。

勇助の夢の光景の中で、向こうから惚れ惚れするほど美しい男がやってきた。

子供向けの御伽草子《おとぎぞうし》、大人向けの廓話《くるわ》、さらに悲劇の心中ものでも、どんな物語の主人公にもなることができる男だ。これぞ主人公らしい、独特の風格を備えた男だ。

——市川《いちかわ》團十郎だ。

勇助は己の胸の中の團十郎の美しさに目を細めた。

さあ、これから團十郎にどんな物語を演じさせよう。

胸が震えた。

そのとき——。

水たまりに映る己の顔に気付いた。

父にそっくりな顔だった。

本を読む父に良く似た、ぼうっとした顔だった。

勇助ははっと顔を上げた。

——なんて腑《ふ》抜けた顔をしているんだ。旦那さんに怒られるぞ。

思わず頰をぴしゃりと叩く。奥歯を嚙み締め、口を結び、頰にぐっと力を込めた。

ちょっとやそっと突かれたくらいでは少しも痛みを感じない、面の皮の厚い商売人の顔だ。

腹の底からぐっと熱が上がってくるのを覚えた。

「私でしたら、決して挿絵で團十郎を使うことができない話を書きます」

勇助ははっきりと言い切った。

「何だって？」

京伝が怪訝そうな顔で振り返った。

「團十郎は、山東京伝先生の名を再び授けた名付け親のような存在です。彼は大文字屋の宴《うたげ》で、京伝先生に悲劇を書くようにと言いました。酒の席の一言とはいえ、その言葉を無下《むげ》にすることはできません。もしも滑稽話を書くとしたら、何より先に、團十郎に言い訳、申し訳が通用する形にしなくてはいけないと思います」

「書きたいもの云々《うんぬん》よりも、團十郎の機嫌を損ねないことを何より気にするということか」

京伝がどこか冷めた声を出した。

「ええ、そうです。團十郎とまったく関わりになりようがない滑稽話ならば、まずは手慣らしにこんなものを書いてみたと誤魔化すことができます。私が京伝先生に書いていただきたいのは、決して團十郎に似た人物が出てこない滑稽話。それを切望いたします」

京伝はしばらく黙ってから、顔を歪めて笑った。

「誤魔化すだって？」

「申し訳ありません」

勇助は深々と頭を下げた。

「それに、私がお前に訊いたのは、お前だったら何を書くか、ということだ。私に何を書かせるかではない」

「私が物書きだったら、先ほど申し上げたとおりのものを書きます」

「ならばお前には物書きの才はないな。何もないところから物語を作り出すのには、途方もない思い込みが必要だ。世話になった誰かへの忖度《そんたく》なんてつまらないことを気にする者にできることではない」

京伝が吐き捨てるように言った。

「はい、じゅうぶんにわかっております。私には才はありません」

俺は水たまりに映っていたあの顔のまま、この世を生きていくことはできない。今このときでも、おとしと母のことが気になってたまらないし、金の算段に胃がきりきりと痛む。

嫌なことがあればずっとそのことばかりを考えてぐずぐずと悩み、恨みがましく、僻《ひが》みっぽい。隙あらば手前が楽をすることばかりを考えている、凡庸《ぼんよう》な男だ。

だが、俺は、物書きの京伝には見えないものをちゃんと見てみせる。気付かないことに気付いてみせる。

「だが、ひょっとすると……」

京伝がにやりと笑った。

「商売の才の欠片《かけら》は、持って生まれたのかもしれないな」

「ま、まさか、そんな……」

勇助はかっと顔が熱くなるのを感じながら、慌てて首を横に振った。

「蔦屋に伝えてくれ。十日で書き上げるとな。床についた病人が笑い転げるような、地獄を見た者の顔が緩むような、とんでもない滑稽話を書いてみせる」

「えっ⁉」

やった！

勇助は拳《こぶし》を握り締めた。

「安心しておけ。もちろん團十郎は、決して登場できない話にしておくさ」

11

きっちり十日後、山東京伝は草稿を届けに来た。

蔦屋はそれを受け取るや否や、奥の部屋に籠《こも》って草稿を読み耽った。

「ほんとうに届けていただけるとは思いませんでした。飛び上がるほど嬉しいです」

勇助は京伝に茶を出すついでに、声を掛けた。

――もう半分は、京伝からの草稿が届いてからだ。

京伝と草稿の約束をしたと聞いた蔦屋は、すぐに勇助の母の薬代を用立ててくれた。

それだけでもじゅうぶんな額だったが、こうして草稿が届いたからには、当分は母の薬代に困ることにはならなそうだ。

こうして薬を飲み続けていればきっと母の具合も良くなるに違いないと思うと、勇助の顔は自《おの》ずと綻《ほころ》ぶ。

「勇助、お前は失礼な奴だな。だがその馬鹿正直さも、ときには役に立つのかもしれないな」

　京伝は上機嫌で店先で煙草《たばこ》を燻《くゆ》らせる。

「京伝先生の草稿をいただけて、旦那さんは大喜びです。おかげで私も鼻が高いです」

「この本が売りに出されたら、きっとお前の団子鼻がさらにその倍も高くなるぞ」

「それはそれは、楽しみです」

　勇助は、耕書堂へ来て初めて明るい笑い声を上げた。

　己の仕事がうまく運ぶというのは、こんなふうに胸が踊るものなのだと初めて知った。

・

　四半刻《とき》ほどして蔦屋が戻ってきた。

「おう、どうだったか聞かせてくれ」

　京伝が得意げに訊いた。

　蔦屋は目を伏せて早足で京伝の前に進み出る。

「たいへん面白く読ませていただきました」

　勇助の胸がすっと冷たくなった。

　――おかしい。おかしいぞ。もしかして……。

蔦屋の様子からは、素晴らしい物語に出会ったときの高揚がまったく感じられなかった。

「だろう？　どこがどう良かったか存分に聞かせてくれ」

京伝は、少しも気付かずに身を乗り出す。

「たいへん面白い物語でした。ですが、いくつか注文をつけさせていただけましたらと……」

蔦屋は申し訳なさそうな顔をしながらも、きっぱりと言った。

「何だって？」

京伝の顔色が変わった。

「私は、この物語には華が足りないのでは、そう感じました。誰もが稀代の名役者を思い浮かべるような、現れたそのときに光が溢れるような、そんな人物が必要かと思います」

勇助は、うわっと心の中で叫んだ。

思わず文字通りほんとうに頭を抱える。

「私の書いた本では駄目だということか？」

「このまま何一つ手を加えないということでしたら、耕書堂から出すわけには参りません」

勇助のこめかみを脂汗《あぶらあせ》がたらりと伝う。

「やはり、華となる人物が……」

「そ、それは、こいつの言ったことだ。こいつが、團十郎に申し訳が立つような本にしろ、なんてつまらないことを言うものだから……」

「すみません、私のせいです！」

勇助は悲鳴のような声を上げて畳に額を擦《す》りつけた。

「私が京伝先生に、悲劇を求めた團十郎に言い訳ができるような物語を書いてください、なんてつまらないお願いをしたのです！」

蔦屋はしばらく黙ってから、静かに口を開いた。

「團十郎に申し訳が立つような本。それと、先ほど私の申し上げた要望とは相反するものではありません」

勇助は驚いて顔を上げた。

「無茶を言うな。誰もが稀代の名役者を思い浮かべる、現れたそのときに光が溢れるなんて、團十郎しかいないじゃないか！　いったい私にどうしろと言うんだ！」

京伝が声を荒《あら》らげた。

「……それを考えるのは、京伝さまです」

「何だと⁉」

京伝が真っ赤な顔をして立ち上がった。

「馬鹿にするな！　今すぐに草稿を返してもらう！」

京伝が掌《てのひら》を突き出した。

「もちろんお返しいたします。この草稿は、今はまだ京伝さまのものです」

「この草稿は、鶴屋喜右衛門《つるやきえもん》のところに持って行く！　いや、もしも鶴屋が無理なら伊勢屋治助《いせやじすけ》とも付き合いがあるんだ！」

京伝は喚《わめ》き散らす。

「京伝さまがそうされたいと仰るならば、私には止めようがございません」

蔦屋が差し出した草稿を、京伝は乱暴に引《ひ》っ手繰《たく》った。

「吠え面をかくなよ！　あとから悔しがっても遅いぞ！」

「京伝さま、お待ちください」

飛び出して行こうとした京伝に、蔦屋は落ち着いた声を掛けた。

「耕書堂では、いつでも京伝さまをお待ちしています。もしもまた物語を書かれることがございましたら、どうぞ耕書堂にお持ちいただけましたらと……」

「ここへは二度と来ない！」

「どうか、そんな悲しいことはおっしゃらずに」

京伝は怒りに満ちた足音を響かせて去って行った。

嵐が去った耕書堂の店先は、静寂に包まれた。

「だ、旦那さん、申し訳ありません。私があんなことを言わなければ……」

蔦屋が柏手《かしわで》を打つように、ぱちんと大きく手を叩いた。

「勇助、よくやったぞ！」

蔦屋が満面の笑みで大声を出した。

「へっ？」

「お前は、ついに京伝に滑稽話を書かせたんだ！」

「旦那さんは、京伝先生の草稿に注文をつけていらっしゃいましたよね？　このままでは耕書堂では本を出せないなんて……」

蔦屋は京伝に、とんでもなく失礼なことを言って追い返したのだ。

「あの物語に変えて欲しい部分があるのはほんとうさ。けどあの言い方は、わざと京伝を怒らせるように仕向けたんだ。何せ京伝はこれからのお江戸の本の流れをがらっと変えちまうような、とんでもねえ滑稽話の才を持った男だからな！」

「だったら、どうして他の版元に行ってしまうようなことを……」

「あいつの才は、俺ひとりの手には負えねえからさ。お江戸中の手練《てだ》れの版元の皆が、よってたかって全力で向き合ってあいつに物語を書かせる。そうでなくっちゃいけねえんだ」

蔦屋がにやりと笑った。

「俺があの草稿をべた褒めしたら、あいつは俺にべったり懐くはずさ。当分は俺の言いなりだ。けどな、そのままあいつが売れっ子になれば、いちばん良いところで必ず俺を裏切る。せっかく手塩に掛けて物書きのいろはを教え込んで、手間暇かけてようやく金になったところで、『いままでずっと、あんたに酷い目に遭わされていたと気付いたんだ』なんてどこかで聞いたような言い草で逃げられたら、たまったもんじゃねえさ」

「では、京伝先生はいずれ必ず耕書堂に戻ってくると思っていらっしゃるんですか？」

「いずれ必ず、も何も、すぐに戻ってくるさ。あいつの頭ん中は、今頃、他の誰でもない、蔦屋重三郎《じゅうざぶろう》を仰天させるようなものを書きてえ、って気持ちでいっぱいだからな！」

蔦屋が得意げに笑った。

「へえ……」

勇助はそら恐ろしい心持ちで、ため息をついた。

せっかく目の前に才を放つ素晴らしい草稿があるというのに。

勇助が蔦屋だったら、手に入れた草稿を手放して商売敵に渡すような真似は決してできない。

「商売ってのはな、今、目の前にある利を我慢できるようになってからが本物よ」

「そんな……」

勇助の悲し気な顔に、蔦屋は目を留めた。

「お前には、目の前の一つの物事だけに執着しない、って心構えが先に必要だな」

「でも、せっかく京伝先生に働きかけ、望み通りに滑稽話を書いていただき、さらにその草稿を……」

そうだ。蔦屋は草稿を自分だけ読んで、京伝に突き返してしまったのだ。

せめてあの草稿を、俺にも読ませてくれればよかったのに。

悔しくて悔しくてたまらない。

「勇助、泣くな」

蔦屋が低い声で言った。

「泣いていません」

勇助は顔を上げた。

「なら、睨むな」

「睨んでもいません」

「そうか……」

ふいに蔦屋がくっと笑った。

「ならば早速、お前に次の仕事をやるぞ。今度は絵描きだ。鳥山石燕《とりやませきえん》の門下のとんでもねえ才のある絵描きさ。そいつを探し出して耕書堂へ連れてこい」

「絵描き……ですか」

勇助の胸にはまだ京伝が持ち去った草稿が、浮かんでは消える。

気持ちを切り替えるにはほど遠い心持ちだ。

「名はお前と同じ、勇助だ。北川勇助。今は喜多川歌麿《きたがわうたまろ》なんて洒落《しゃれ》た名を名乗っていやがる。気になるだろう？」

――勇助。

心ノ臓がどくんと鳴った。

幼くして失った蔦屋の息子、勇助。

これから幾度でも蔦屋とお文の前に現れて、耕書堂をお江戸でいちばんの本屋にするはずの者の名。

――嫌だ。勇助は俺だ！

勇助は胸の中で大きく叫んだ。

――俺が蔦屋の息子、勇助だ！　耕書堂をお江戸でいちばんの本屋にするのは、この俺だ！

己と同じ名のその絵師に会ってみたかった。

お前には決して負けない。

俺はきっと、お前に、誰もが度肝を抜くような素晴らしい絵を描かせてみせる。

「わかりました、旦那さん！」

勇助は唇を強く結び、大きく頷いた。

著者紹介
泉 ゆたか（いずみ　ゆたか）
1982年神奈川県逗子市生まれ。早稲田大学卒業、同大学大学院修士課程修了。2016年『お師匠さま、整いました！』で第11回小説現代長編新人賞を受賞し、作家デビュー。2019年『髪結百花』で、第８回日本歴史時代作家協会賞新人賞と第２回細谷正充賞をダブル受賞。著書に「お江戸縁切り帖」シリーズ、「眠り医者ぐっすり庵」シリーズ、「お江戸けもの医 毛玉堂」シリーズ、『おっぱい先生』『れんげ出合茶屋』『ユーカラおとめ』などがある。

本書は、書き下ろし作品です。

ＰＨＰ文芸文庫　蔦屋の息子
耕書堂商売日誌

2024年９月20日　第１版第１刷

著者　泉 ゆたか
発行者　永田貴之
発行所　株式会社ＰＨＰ研究所
東京本部　〒135-8137　江東区豊洲5-6-52
文化事業部　☎03-3520-9620（編集）
普及部　☎03-3520-9630（販売）
京都本部　〒601-8411　京都市南区西九条北ノ内町11
PHP INTERFACE　https://www.php.co.jp/
組版　株式会社PHPエディターズ・グループ
印刷所　TOPPANクロレ株式会社
製本所　東京美術紙工協業組合

ISBN978-4-569-90426-9